启真馆 出品

阎连科《受活》

张大春《城邦暴力团》

骆以军《遣悲怀》

乔伊斯《尤利西斯》

米兰·昆德拉《身份》

库切《迈克尔·K的生活与时代》

卡尔维诺《帕洛马先生》

杨绛《杂忆与杂写》

艾柯《悠游小说林》

布鲁姆《西方正典》

王德威《小说中国》

李奭学 著

误入桃花源

——书话东西文学

ZHEJIANG UNIVERSITY PRESS
浙江大学出版社

图书在版编目（CIP）数据

误入桃花源：书话东西文学/李奭学著. —杭州：
浙江大学出版社，2014.5
ISBN 978－7－308－11940－5

Ⅰ.①误…Ⅱ.①李…Ⅲ.①比较文学－文学研究－
中国、西方国家 Ⅳ.①I 0－03

中国版本图书馆 CIP 数据核字（2014）第181505号

本书的中文简体版由作者授权出版。
浙江省版权局著作权合同登记图字：11－2013－220

误入桃花源：书话东西文学

李奭学 著

责任编辑	叶　敏
文字编辑	叶　敏　　曹雪萍
营销编辑	李嘉慧
装帧设计	罗　洪
出版发行	浙江大学出版社
	（杭州天目山路148号　邮政编码310007）
	（网址：http://www.zjupress.com）
制　作	北京百川东汇文化传播有限公司
印　刷	北京中科印刷有限公司
开　本	880mm×1230mm 1/32
印　张	8
字　数	152千
版 印 次	2014年5月第1版　2014年5月第1次印刷
书　号	ISBN 978－7－308－11940－5
定　价	35.00元

自序

　　文化界或学术界，常有人把"创作"视为初恋，我也不例外。记不得是大一还是大二的事了，总之，我从小好读小说成性，除了学生时代例行的作文课外，提笔写点"课外"文字，当然也就始之于小说了，而糊里糊涂涂鸦，居然也发表了两篇短篇小说。可笑的是也仅止于此，在"创作"的路上，两篇小说就让我江郎才尽，无以为继了。

　　学剑既然不成，读书总可以，而时日既久，难免就想把读后感一一整理。那时节，说我是个文艺青年，当之无愧。身在英文系，我喜欢念的是威尔逊（Edmund Wilson）的《光之国度》（*The Shores of Light*）等书。出了课堂，中外文小说我不曾忘怀，能看到能借到的，我大多读了。威尔逊乃书评名家，英文笔法简洁老练，而眼光独到，对所评古典今籍，无不洞见连连，我最感佩服。大学后半段和硕士班三年，经常出入所著的评论集子。自己呢？见贤思齐，凡有所读，大致也都笔之成文，而一篇篇的书评，就如此这般在台湾的报刊杂志上发表了。

当年轻狂，但也害羞得很，写书评多用笔名，一篇换一个。等到我负笈美国，进了博士班，才了解书评和其它文类确有差别。评者对所评书，对作者，乃至对社会都有言"责"，自是轻狂不得。于是台湾各大报上，我的本名时常出现，表示"文责自负"。撰评对我来讲，益人娱己，但其责不轻，我确实得以"事业"待之了。本书诸作，选自我在台湾出版的"书话"系列，包括《书话台湾》、《书话中国与世界小说》，以及《书话东西文学地图》等书。出版这三本书的当头，我早已念完博士返台，在学术圈工作有年，而且安身立命处还是以读书研究为专职的学术机构。我右手处理明清间的翻译史，左手则大开大阖，评论东西两洋的当代文学。日日与书为伍，我连出门开会或研究，旅途中必然也一卷在手，随读随写，再假电邮传送回台，好不快活。

记不得是何时，我倏地停笔，不再撰评。这回可非"江郎才尽"，而是发觉读书居然变成"经国之大业"，自己得向历史交差了。感谢浙大出版社启真馆的曹雪萍女士，"误入桃花源"的书题是她取的，北京出版界的朋友同声叫好。书中选文，也拜曹女士之赐而得，而且选得我都自叹不如：知我者，其曹女士也欤！编完书，曹女士另有高就，离开启真馆，但兰心慧眼，我铭感五内。本书最后由叶敏老师责成，她察纳雅言，和王志毅总经理一样，都是出版人的楷模，高谊可感。书中有几篇拙评，早已在大江南北先书而与读者见面。几位老编盛情，我就不再一一致谢。搁下评笔之后，不时仍有两岸副刊或读书版的主编来电邀稿，我颇兴少时女友在记忆中呼唤之感，每每为之怦然心动，颇思"重为冯妇"。或许吧，或许在向历史交差之后，我会从云端降落，重返人间，再拾评论之笔，为当代文学，为不论是此岸或彼岸的阅众献上一孔之见，严肃得如同当初我视之为"事业"一般。

李奭学

2014 年春·台北南港

目　录

书话东方小说

你是我儿子——评王朔著《我是你爸爸》/ 3

嘉莉妹妹在上海——评王安忆著《长恨歌》/ 7

旧金山华埠的魔幻传奇——评严歌苓著《扶桑》/ 11

"征圣"——评韩少功著《马桥词典》/ 15

失乐园——评黄碧云著《媚行者》/ 18

60 年后看老舍——评《四世同堂》/ 21

沧浪之水浊兮——评杨绛著《洗澡》/ 25

桃花依旧笑春风——评贾平凹著《秦腔》/ 28

误入桃花源——评阎连科著《受活》/ 31

新台北人的传奇性寓言——评朱少麟著
　　《伤心咖啡店之歌》/ 34

魔幻武林——评张大春著《城邦暴力团》/ 38

饮食男女——评王文华著《61×57》/ 42

神圣与亵渎——评骆以军著《遣悲怀》/ 49

台北摩登——评王文华著《蛋白质女孩》/ 53

恶魔主义的自虐美学——评谷崎润一郎及其小说 / 57

莫言传奇——评莫言著《传奇莫言》/ 63

书话西方小说

"布鲁姆日"百年：《尤利西斯》史上的一页传奇 / 69

［附录］　"布鲁姆日"的早餐——《尤利西斯》第四章精华　选译 / 72

乡关何处——从萨义德、马奇诺谈到徐忠雄 / 73

观看之道——评卡尔维诺著《帕洛马尔》/ 78

遗忘·梦境·真相——评米兰·昆德拉著《身份》/ 81

故事与玄想——评桑塔格著《我，及其他》/ 84

非洲大地的沧海一粟——评库切著《迈克尔·K的生活和
　　时代》/ 88

［附录］　高贵的野蛮人——小论南非小说家库切 / 91

咫尺千里，觌面难通？——评帕克丝特著《巴别塔之犬》/ 93

移民社会与后殖民小说——从奈保尔著《米古埃尔街》
　　谈起 / 101

超越女性主义——杂谈多丽丝·莱辛及其小说 / 109

书话非小说

世说新语——评庄信正著《文学风流》 / 117

文学与生命的告白——评白先勇著《树犹如此》 / 120

"夫唱妇随"新诠——评杨绛著《杂忆与杂写》 / 124

再见人文主义的宗匠——评斯坦纳著《斯坦纳回忆录：
　审视后的生命》 / 128

重绘美国文学地图——评莫里森著《在黑暗中游戏》 / 134

挥别百年的孤寂——评麦格拉斯编《20 世纪的书：百年来
　的作家、观念及文学》 / 139

古今多少事，都付笑谈中——评史景迁著《天安门：中国的
　知识分子与革命》 / 144

姑妄信之，姑妄言之——评艾柯著《悠游小说林》 / 147

语言·比较文学·文体——评萨义德著《文化与帝国主义》 / 150

唯有"隐"者留其名——评法朗士著《隐士：透视孤独》 / 155

和永恒拔河——从布鲁姆著《西方正典》看西方经典 / 159

翻译历史——评王德威著《被压抑的现代性——晚清小说
　新论》 / 165

现代董狐如何再现现代？——史景迁著作中译本总评 / 172

评论

虚构性的传记与传记性的虚构 / 185

追寻乌托邦的屐痕：西洋上古文史里的理想国思想 / 195

人文主义：伊拉斯谟与莫尔的友谊 / 209

二十世纪西洋文坛之最十则 / 215

秋坟唱诗，怎知是厌做人间事？——漫谈西洋文学传统里的 "名鬼" / 230

欲望小说 / 239

书话东方小说

你是我儿子
——评王朔著《我是你爸爸》

有人用"举重若轻"概括王朔的表现，而从他的《我是你爸爸》看来，的确是一点也不假。这本长篇小说主题严肃，情节"沉重"，王朔却用一种正经中带有轻佻，轻佻中却又一巴掌打得人心服口服的独门语言来写。四两拨千斤，王朔"语言魔术师"的身份更加了得。如果《我是你爸爸》确为王朔在台湾出版的首部长篇力作，那么我可要长叹一声："王朔何其姗姗来迟！"

简单地讲，《我是你爸爸》讲的是父子关系。老的叫马林生，小的是马锐。但别错以为这本书是老舍《二马》的20世纪90年代翻版，也不要以为是王文兴《家变》的大陆复制品。王朔不讲大道理，更不愿让我们的脑袋变得沉甸甸。老马小马他写得切身，寻常得好像巷口就可能见到。马林生中年离异，父代母职，把马锐拉拔到目前的青涩少年期。他在书店工作，染上一点知识分子的习气，不愿高压管教孩子。马锐早熟，胆量变大之后，一天居然和学校老师公然顶嘴，祸及马林生，他不得不出面收拾残局。他吆喝孩子一声，马锐随即龟缩，毕恭毕敬，反而吓了父亲一跳。马林生接着异想突发，要和小马平起平坐，称兄道弟："你看那电影里，人家外国家庭中的父子关系，我就羡慕人家老子对儿子，儿子跟老子的随便态度。"然而把儿子当兄弟的结果是子不子，把老爸当朋友后又变成了父不父，马家从此问题多矣，而马林生的"外国"理论也频频遭受现实或者——更精确地说——他自己心理情结的考验。

考验之一是好些年前的北京亚运会。邻居夏经平送马家一张开幕式的票，这在当时可是人见人爱，难得得很。马家马上陷入心理角力，为老的去还是礼让小的去而争论不休，最后猜拳勉强决定，但彼此和气已经大伤。考验之二是儿子客串红娘，为爸爸安排相亲，目的却在占山为王，把老爸"嫁"出去。环绕着这些父子关系大考验的还有许多小考验，在主轴之外还有许多小细节，在细节之外还有许多次情节。例如马林生"暗恋"某文学少女，相亲大会后来竟岔开而演成他和女主角齐怀远的两性斗智等等。总之，就主情节来讲，这一对父子竟日攻防，钩心斗角，无日或休。他们时而像情侣闹别扭，怨声连连；时而像黑道拼头角，有深仇大恨。

这样的故事基架煞似闹剧，王朔的"玩性"一览无遗。然而故事诚然荒谬，更荒谬的应该是心性。王朔于此再三致意，不断暗示理性往往就是失序的先声。有人喜欢用"后现代"界定此类小说，但至少在《我是你爸爸》中，古典喜剧的基本原则王朔掌握得非常牢固。也有人认为王朔以语言见长，组织能力较弱，作品中顾此失彼是常态，但是我得指出，《我是你爸爸》乃异数，似乎就是写来反驳此类批评成见。王朔固然岔得开主轴，他也凑合得拢，副线往往还有主题上的辉映之效，一回头即拱出主线的重要。

套一句语言学家定位日文的话，王朔的中文是一种"黏稠性"的语言，若非紧巴巴地把意象叠床架屋，就是肢解定语，化之为功能特异的言谈，再结合到主语宾语常闹不清的冗长句构里。有人归结如此行文方式为"况"为"滑"，我想所见甚是，但我更想强调这种文体虽然夸大，却能搔着主题痒处，力比千钧，基本成分更得力于传统匪浅。下引齐怀远的短语可见一斑："我这可不是追你下的套儿使的计，犯不上，有你没你我照过。"哪一类的传统会夹杂这么浓的俚俗味儿？答案自然是古典戏曲：齐怀远说话的方式就活像元杂剧中搽旦泼辣的口吻。

《我是你爸爸》里的人物只有在掩饰自己之际，才会偏离传统，讲出长串的欧化体中文，极妙的例子是马林生在书店"评介"书刊所用的文字，其中修饰语与修饰对象距离很大，又满布似是而非的名词，仿佛生怕别人一眼看穿似的。循着这个道理看，则"真诚"似乎才是"夸大"急于凸显的品质。可惜人与人之间若无伪装，哪怕亲如父子，纰漏也会频出，马林生和马锐的关系就是见证，而齐怀远"坦白"的仙人跳，不也令马林生跳脚怒目？"真诚"无罪，那么其罪在人？真实生活里的王朔似乎肯定这一点，《我是你爸爸》的台湾版序便如此形容人："贱！"

小说最后，王朔倒没这么悲观。马锐遭到一群流氓毒打，送医救治，法院重新考虑孩子的监护权。经过意愿调查，马锐重回父亲身边。他们曾经闹过意气，玩过心机，但彼此也曾坦白交心，更何况一老一小相依为命多年矣！看到这对父子步出法院，流泪拥抱，我们仿佛听到马林生抽噎着说："你是我儿子啊！"

嘉莉妹妹在上海
——评王安忆著《长恨歌》

　　1983 年，王安忆和母亲茹志鹃同游美国。身在异乡，她开始怀恋起自己成长于斯的上海都会来，归去后乃写下不少洋场小说，"海派"标签自此如影随形，众口交烁。虽然如此，这一场海上繁华梦似乎要等到近作《长恨歌》出版，才能圆其极致，登上胜境。

　　这场梦是梦热笔淡，淡得近乎冷。王安忆的灵感取自社会新闻，所以故事还没写就先掉进自然主义的创作窠臼去。她起笔乃沿着达尔文的环境说发展，王琦瑶的悲剧要从 40 年前的上海片场说起。继之以"略似"加尔文的清教命定论，走一步算一步，选美会上的锦绣烟云和国府要员李主任的金屋都是命。而再回头，世局已变，新中国成立后的王琦瑶隐居上海一点也不平安的平安里。在此，她曾经为爱而珠胎暗结，也曾败德欺心，不是为爱而献出肉体，差一点把平安里当做长安的北里。这也是命。

幸好"文革"前王琦瑶还有个柏拉图式的仰慕者，为上海这个败絮其内的不夜港埠打进一剂杀菌用的四环素。可惜转眼间时序已进入 20 世纪 80 年代，而王琦瑶仍然不识好歹，妄想凝住时间，回头吃嫩草，颠倒 40 年前自己和李主任的关系。问题是李主任有恩义，时局动荡下犹留给她一盒金条，她珍藏一世后，此刻却想整盒奉送，保住契弟。往日的恩义既不顾，阴错阳差就难免，王琦瑶终于丧命一旁觊觎的"新潮"青年的手里。

这整个故事其实是《嘉莉妹妹》缩码的上海改编版，王安忆写来满纸析理，世故到冷酷。洋场的"是"她振振有词，"非"，她也有一套因果说词，夺理之至。笔下的母女人伦更如博弈，争奇斗妍之际又工于心计，而王安忆道德针砭不施，反而冷眼细剖两造，把一场母女斗看成自然天性。王琦瑶一生浮沉，笔触最重时，王安忆也不过说她在走钢丝：一步错，可能像苏童笔下的娈王从高处跌落，粉身碎骨。

王安忆其实和苏童颇有差距。苏童会直来横去的伤风败俗，她夸张不来，多半求助于寓言。王派脍炙人口的"琐碎的政治学"，指的正是《长恨歌》中所谓的"敛少成多、细流汇大江"，通通都用第三只眼在观看人间事，仿如小女生推开阁楼上的窗扉，兀自睁眼瞧着街市熙来攘往的人潮。即使有热闹，总也隔着一层空气，有种苏童不会有的不干不脆感。讽刺的是，这种"不干不脆感"正夹藏着王安忆个人的历史"重言"或"栀言"。就好像苏童笔下的南方小城象征中国，王琦瑶也是成千上万的海上儿女，沪上的流言蜚语与浪声谑语乃环绕着她推展。浮沉之间，上海这颗璀璨的明珠起起落落。我们有如雾里看花，正因"王琦瑶"的情节也是"海上儿女"的故事，更是"上海"的传奇，而我们总想在这三者间找出一个阅读上的平衡点。

坦白说，这个平衡点偶尔有误差。1949 年后的王琦瑶读来宛如看尽繁华的白头宫女，如今已不堪细数从前。民国时期她的际遇，按说因此是叙述者在 20 世纪 80 年代为她回首前尘的基础，而 40 年前那一场上海选美会以及随之而来众宠集一身的光环，更应该是 80 年代她的论述之所系。然而王安忆于此竟然快转镜头，重蹈《逐鹿中街》里的败笔，以卡通式的速写拢括她即使是枝节都会花两倍篇幅写的内容，造成的阅读反应故而不是"不堪回首话当年"，而是"当年似乎不值得这么费工夫再回首"。或者说，王安忆所写的这场海上繁华梦，其实搭配不上日后回忆里的缤纷多彩。

王安忆冷笔热写，用字遣词往往在历史上叱咤一时。这种笔法已经超出"用典"的文圃，更是不露痕迹借典在讽史。"不露痕迹"或曾造成《长恨歌》的结构失衡，却是王安忆以乱世儿女喻史的一大长处："王琦瑶不知道时局的动荡不安，她只知道李主任来去无定。"即使简单若此的一句话，1949 年前夕沪外的狼烟遍地，旌旗蔽野也已直逼眼帘，读来只能令人忐忑心酸。王安忆未曾正面批评国民党——笔下民国时期的上海恐怕还比红色春申更得台湾读者的喜爱，她只把王琦瑶一生的琐细娓娓道来，读者在文字起伏中便已得悉《长恨歌》里的龙门板定。

职是可知，王安忆虽然人称"海派"，个人的诗学却迥异以哀感顽艳而名噪一时的海上前辈，和20世纪40年代善写摩登男女，唯洋是尚的新世代海派也略见距离。她的特色是不辞琐碎，《长恨歌》中故而能成其工笔，把上海嵌进《清明上河图》里。但是王安忆也不废淡笔，从而可以在浮世绘中经营泼墨式的寓言，再见早期雯雯故事里的文理针线。细琐不辞，造成王安忆忍不住岔开写旁事的创作积习，不但在《长恨歌》中留下一部没有结局的邬桥赘语，又花了不少篇幅报道洋场潮流，进而让寓言堕落成显言，也让人掩卷犹有活杀千里马的感慨。

旧金山华埠的魔幻传奇
——评严歌苓著《扶桑》

　　严歌苓的长篇新作《扶桑》题材独特，以 19 世纪 60 年代旧金山唐人街妓女户的风尘辛酸为主，其写实细腻处令人不忍卒睹，读来却又由不得人暗自称奇。所以"奇"者三：首先，故事中华工远渡重洋到花旗国营生已是一奇，所受非人待遇与彼此间的非人互待更是一奇；其次，小说中几位要角虽然都经概念化而成为类型，每一位的浮沉却都是奇人奇事；而最后的一奇在严歌苓处理故事的手法"奇特"，每每令人叹为观止。说《扶桑》系其迄今为止创作生涯的高峰，应不为过。

　　女角扶桑出身中国内陆，从小订的亲却远在广东海隅。丈夫八岁即随叔伯赴美淘金，所以她初当嫁娘就守着空闺。在盼夫心切下，扶桑不久被人口贩子拐卖，越洋到了旧金山而堕入唐人街贱业。她秉性痴朴，"有点呆"，命运只能逆来顺受。她和她那一行简直生活在生命化脓的疮口上，任凭买春的华工糟蹋。她在苦难中犹能无怨无尤，靠的是天性中兀自保有的一丝心灵自由。在他乡和她相关的男人有两位，一黄一白。黄的叫大勇，是人肉贩子兼江洋大盗而后金盆洗手；白的名克里斯，和当时排华法案同流而人性未泯。扶桑饱尝风霜之余，了解自己爱上了克里斯，讶然又发现大勇就是从未谋面的夫君。小说将届尾声，梨园一景，大勇为护卫她的尊严而蹈犯死罪。扶桑随后断发赠别克里斯，赶在大勇服刑前和他再拜天地。

文前说过，严歌苓的人物都是类型，扶桑一出场就不是水灵精，终场也是乡野愚忠的典型。有些事她确有主见，但不轻易吐露。说来讽刺，她对妓院与种族环境的柔顺与无助，其实就是在同胞身上逞欲的华工的写照。面对异域无情的大环境，这些华南来的苦力驯如羊羔，设非大勇一类强人煽风点火，他们打落牙齿都会和血吞。唐人街藏污纳垢，对白人来讲伤风败俗，华工地位益贬。而大勇虽非奴颜婢膝之徒，他拐卖弱女人妻，最后还发现所买卖者居然是期盼还乡相聚的妻子，却是一大讽刺：自己和自己平日鱼肉的华工其实是一丘之貉。严歌苓用来描写这一切的意象层叠，所聚照出来的是一群愚氓与畸人，把美国史上这原本不输黑奴吁天的一段讽刺表现得令人既难堪，又心酸。

不过严歌苓之所以写得好，不全仰仗这种逆反笔势，有一大半要归功于她妙如镜头转接的魔幻之笔。大勇的刻画是个好例子。这位典型恶棍由来扑朔，小说的叙述者讲得神秘诡异。

他一会儿名唤阿泰或阿魁，一会儿称阿丁，可以消失三年不见人影，霍地又现身为非作歹。这会儿他叫大勇，像布莱希特笔下的"四川好人"沈德一样，有正反两张面孔：他用第一张对抗强权，用第二张贩卖人口，有如在暗示人非双面，难以混迹旧金山港。但不管哪一张，共同处是身躯腰际都有一排飞镖。严歌苓时而让大勇由现在走入过去，时而由过去观照现在。他本人已是一团谜，寓言似的侠盗双面又将这谜转成幻。

可以并比大勇的小说中人是克里斯。这位德裔军人子弟最初现身时才十二岁，严歌苓让镜头隔着雾一般在窥视。然而重新调整焦距，他已进入六旬或七旬的桑榆暮景，在记忆里寻觅少时"偷窥汤姆"的背影。他常常跟着排华白人示威呐喊，甚至伙同火烧中国城的暴民轮奸扶桑。但他更像拉康笔下犹处"镜像阶段"的孩童，不时从随身携带的镜中看到自己一身盔甲，马蹄嗒嗒准备拯救恶魔掌中受难的女奴。"恶魔"是低等的华人，"女奴"是扶桑。幻想中的南北战争一转眼就变成虚构中的现实：马蹄穿过半个旧金山市区，驻足所在系中国城最黑暗的一条街。严歌苓让克里斯现身的时空交错互叠，内心独白或意识反思拢聚成流。这种种她写来驾轻就熟，开展得一无挂碍。

这类笔法用得最玄妙的当系叙述者和扶桑之间的关系。我们可以小说角色看待这位第一人称的叙述者，愿意的话，不妨就将她等同于作者严歌苓。她和扶桑一样是移民，到花旗国来也有忍气吞声的一面。她们命中冤家却都是白人，一对是露水鸳鸯，一对是合法夫妻。叙述者常由自己和丈夫的关系去透视扶桑和克里斯，常常也让扶桑走过一又三分之一世纪的岁月来到跟前，睇眄自己，互诉心曲。扶桑和克里斯的缘和情，她交代得很清楚，自己和丈夫的过往却说得含糊。这是玄妙中的败笔——或谓严歌苓有意留一笔，但心事细微处读来却时感不对嘴。不论如何，第一代和第五代移民就借此后设性的魔幻笔法互通有无，时间的界限泯灭于无形。

《扶桑》不是扶桑一个人的故事，而是贯通了好几个人——几乎也可谓贯通了上下几代旧金山中国移民——的故事。视之为两性问题或女性主义议题的演义虽非不可，但总嫌片面，见树不见林。严歌苓下笔慵倦如侧身烟塌的少妇，时而钝拙却又工喻善比，尤长于颜色的形神双关，总有玲珑跃乎纸上。她写起败德和颓废更见功力，那一股病态凌厉得像把解剖刀，令人作呕也作揖，小说家中只有苏童或台湾的陈雪堪比。拿这把刀来解剖第一代移民，脓血迸射。拿来剖析第五代呢？《扶桑》中的叙述者说也相当。这样看来，小说似乎不全是虚构，即使一又三分之一世纪后，人情世态的丑陋依旧在唐人街上演。

"征圣"
——评韩少功著《马桥词典》

每到炎夏，北京店招不时可见"冷面（麵）"浮动，不明底蕴的台湾游客或会联想到"杀手"四伏。韩少功《马桥词典》的繁体字版才刚推出，有个词儿眼感翕然，亦即书中耀动的"征（微）圣"二字。若非意识到这是手民误植或编辑短路，否则《文心雕龙》中赶在"宗经"之前的这个尚古思绪真还引人想问一句："难不成批孔扬秦的时代还没结束？"

对马桥的人来讲，答案肯定可以肯定。战国以还，这个山野聚落就已立足湘赣信史，但总位居边陲，是中原以外荆楚文化的角落一隅。抗战军兴，这里有过敌伪入侵；红军经过，这里也进行过解放斗争。然而日机掷下来的炸弹30年后才经引爆，山寨中居然还嗔怪是"文革"未休！马桥总是这样慢半拍，远远掉在历史的车轮之后。

马桥人又像中国各地可见的闭塞村民，多半不懂尔虞我诈，直来直往中有点暴戾之气。他们想过趋时钻营，却常站错边，摸错门，而弄得里外不是人。有钱的时候马桥人也摆阔，没钱的时候睡扁担，喝姜水。重男轻女则从来不落人后，虽然女人花眼狐眉起来也会对着男人颐指气使。山寨社会有尊有卑，一遇到吃心疑目，儿子依然追着老子打。上述种种丑状外，也出过愤世犬儒、铁铮好汉与慈悲女性。

马桥当然有其特殊性，不过想在人群里见到这点无异竹篮打水。马桥之所以为马桥殆因语言特异所致。许多发音他们自成一家，用语更是别无分店。外地人说是"愚"，他们唤作"醒"，做事"科学"却当"懒"看，血亲"姐妹"则男性化为"小哥"唤。这种言意倒置带有强烈的李汝珍似的寓言暗指，使得马桥人看来有如金庸小说中一度倒立而行的欧阳锋。我们也得反转世态与常情，才能摸清马桥人信口吐出的怪调和异词。要是转化为政治讽喻，这种语言的逻辑更是出格与辛辣得令人喷饭。马桥人深信富贵者死后嘴里会长出一种壮阳延寿的"莴玮"，而他们认为"百年之后的莴玮肯定了不得"。结论更是写实兼写意："这样的国宝恐怕要用高级化学方法保护起来的，重兵日夜把守。"

语言之用存乎一心，韩少功也在"文革"打过滚，对此体会深刻；语言之力破山震海，他见过无风起浪，早已视之为生命教训。所谓"词典"也者，不正是这一切的隐语代喻？是以韩少功丝毫不讳言编纂者的身份，虽然"释文"中他也一再自我指涉，以"小说"的叙述者自居。

语言的民情千姿百态，韩少功这位编纂者或叙述者就这样巧思联系，乍看独立的词条遂衍为首尾一贯的乡野传奇。韩少功兼具传统读书人的分寸，马桥的丑态拿来反衬世相，憨朴的一面则寄之以情。令人艳羡的是讲话顺溜：马桥固踉跄在历史之后，村民的泪与笑反因此而抢尽了历史的风头。有道是《马桥词典》"典出"塞尔维亚作家帕维奇的《哈扎尔辞典》，韩少功由是落了个"模仿"或"抄袭"恶名。其实"桴鼓相应"或可称，"附影逐声"就言重。没有"词典"，马桥还算是马桥吗？"词典"这个词容或标了新，立了异，但除非我们不以"小说"看待《马桥词典》，否则这种"新异"无疑可以"征圣"——可以让韩少功"征服"不少史上的小说"圣人"。

失乐园
——评黄碧云著《媚行者》

比起 1999 年颇受瞩目的《烈女图》来，黄碧云的《媚行者》在文字上保守多了。《烈女图》几乎都是用粤语写就，对台湾读者来讲，理解不易。然而这本书长于窥探女性心理，黄碧云架设香港百年孤寂的能力强甚，把世纪末特有的历史感拢聚成一帙。《媚行者》同样时空交错，前世今生流转得可谓诡谲多变，地缘上则由香港、内地而一路迤逦到欧美，角色另又包括华人与其他人种，复杂多端。不过最明显的变革是多数文字已经换成华人都懂的普通话，可见黄碧云有意扩大读者群，企图心较诸《烈女图》犹有过之。话说回来，我仍得说一声：这本书毕竟不如前作。这倒是耐人寻味。

问题是不是出在我们受够了后现代的急先锋或前现代的超现实？一场飓风吞噬了香港外海的勘油船，空中救难队女队员赵眉执行任务时左脚受伤，截肢后又安装义肢。这是

《媚行者》的部分情节。故事随后回溯遇难前赵眉的感情世界，诉说她和队友张迟之间痛彻心扉的柏拉图式恋情。事故发生时，张迟舍己救她："爱那么大，叫我如何承受。"故事继而转到为赵眉动手术的医生赵重生，又转到物理治疗师罗烈坦。但这两个人却有两个故事。赵重生和姐姐玉裂姐弟情深，玉裂去世后他的生命变成是自己名字的反讽，耗在烟花女身上不谈，连正常的婚姻都不可得。罗烈坦也是位安德森（Sherwood Anderson）式的畸人，他的名字或许就是从纳博科夫（Vladimir Vladimirovich Nabokov）《洛丽塔》（Lolita）得来的灵感。这个人有恋童倾向，其实是个需要医生治疗的医生。从赵眉到罗烈坦，他们每个人都让感情紧紧给抓住，动弹不得。如果想要恢复自由，想要和命运搏斗，想要当个书名所谓的"媚行者"，方法只有一个，用黄碧云的话来说，那就是"不爱"与"忘怀"。然而这种感情与记忆的双重拒绝，是否就是上文我所谓《媚行者》的症结？

当然不是，黄碧云的问题出在企图心确实太强。上面三个故事我乃随手拈来，《媚行者》却用区区一章表出，而且还不是章内情节的全部。全书就是如此这般构设，就是由无数身前身后事与异域本土情串连成线。这里我说"串连成线"，其实委婉。书中无数的小故事，黄碧云确实联系得有点凌乱，和《烈女图》的紧凑恰成对比。即使避而不谈这一点，我仍然想问一句：区区一根草，哪能"承受"得住赵眉等人如许多、如许重的情？

　　《媚行者》最后几乎脱离香江与中国线脉，干脆借灵异系谱游移到东欧，而且是乱步走到满目疮痍的巴尔干半岛去。那里的人生活在另一种痛苦与执着之中，动弹不得，得来一场奋斗才能解脱而化为另一种"媚行者"，主题哗变。此后黄碧云的笔风也跟着改变，后现代噱头纷纷涌现。有些地方的确有趣，但是她超现实的实验精神时而走火入魔，变成跳跃式的风格理路。最后三分之一常用《圣经》章节的形式操控历史与情节，可是做作得我很难在这种气势里体会到宗教家的浑无挂碍。我体会到的反而是形式的桎梏，是一种卑微得有点自以为是的"诗人的特权"（poetic license）。这种反讽消解了小说的力量，而这才是《媚行者》真正的问题，是整本小说得而复失的乐园。

60 年后看老舍
——评《四世同堂》

中国对日抗战军兴，老舍由济南转赴西南，特地嘱咐夫人胡絜青回守北平，照料年迈的母亲。其时旧京城破已久，胡絜青观察沦陷区的百姓日常，深有感触，五年后入渝乃为丈夫一一细说。老舍闻之沉吟不语，心中却开始酝酿一部长篇小说。四年后全书在美国杀青，而这便是由北平围城写到抗战胜利的《四世同堂》。

1949 年以前，这部抗日三部曲的前两部已经出版。不过完璧补成，却要迟至 80 年代，原因是"文革"浩劫，老舍人亡书毁。当年他写《惶惑》，血脉贲张；写《偷生》，哀生民多艰；入美续作《饥荒》，战胜的欣喜却抵不过满目疮痍的悲叹，更没料到伏案四年的心血在战乱后还要经人洗劫，而后代修葺，反要由早出的英译本回译成中文。

《四世同堂》算不上老舍最好的小说，却是他的家国之爱最真挚的表现，语多直接。全书始于"七七事变"那一年，地点就在围城北平，家国大事抑且多在城中一条胡同"小羊圈"上演。祁家四世同堂，老太爷看过古都多少兴亡，八国联军以还，总觉得备粮三月，北平再乱，终究会恢复帝京风华。日本入侵中国时间之长，困局之久，可谓始料未及。尽管如此，老舍写祁老人对北平仍然满怀信心。四世同堂固为家中骄傲，北平千秋，他们根本不曾怀疑。

这种历史信心，唯北平人有之。所以老舍笔锋一转，所写却是变局里的京人百相，日本入侵这情节主力反告消退，变成了故事背景。什么故事？情节中几无杀戮战场，严格说来，连日本祸首也不见。烽火硝烟中所见乃北平的人性，小羊圈中的各户人家就是代表。祁家的左邻是冠家，父为盗，母为娼，最后则干脆卖国求荣。右舍则为钱家，父子俩都是旧都风流的典型，正是文化传统的代言人，所以不事生产，终日把玩古董，吟诗作对。而前排虽有宁死不屈的引车卖浆者流，后面也有一般市井小民，对强权只敢怒而不敢言。小羊圈是北平的缩影，由此看汪精卫东去，西南退守，北平古城又俨然是个小中国。即使是祁家，本身也是个小羊圈或小北平。祁老爷子这棵大树底下有逆来顺受的长子天佑，孙辈居次的瑞丰却为虎作伥，甘作日本人的狗腿子。幸好长孙瑞宣在偷生之际犹深明大义，而老三瑞全威武不屈，更是板荡见忠臣的显例。这幅众生相乃北平人死城不死的保证，反映出《四世同堂》真正的关怀。

老舍的笔法一向是写实中带戏谑。他谈日本人是如此，写中国人也一样，对于汉奸走狗更不客气。冠家多数成员在小说中都是负面人物，一家之长的冠晓荷善于奉承，活脱是条日本人豢养的哈巴狗。正妻有"大赤包"的外号，见钱眼开，见权忘国，反而不如小老婆桐芳身处卑微而犹有家国之思。《四世同堂》情节的推动，其实唯冠家是赖，从晓荷和大赤包陷害钱家开始。他们的作为极具象征意味，其实就是日本侵华的翻版。钱家系忠良，然而北平或中国的积弱不振却也种因于他们的温文儒雅。钱老爷子被诬之后，冠家逐渐飞黄腾达，随着一班汉奸小丑开始跳梁。大赤包尤其长于逢迎，居然位居北平妓户之长，连冠晓荷都要让出家长的地位，可见老舍的卡通之笔挖苦之深。和强权有关的其他人物，除了正义凛然的瑞宣以外，个个也都难逃揶揄，让小说阴郁的写实镀上一层讽刺的笑感。

在某一层意义上说，瑞宣其实才是《四世同堂》真正的主角。他乃一介书生，向来谨守本分，循规蹈矩度日。日本人不来或钱家不曾发生事故，他或许就教教书，营苟一生。然而事与愿违，钱家受难，北平蒙尘，瑞宣不得不正视家国与时局。他协助瑞全出走，在危城与中国救亡图存的努力间筑起一道桥梁。汉奸走狗势力得逞之际，也是他心志长成的一刻。樽俎折冲，他深知保家必先保国，"四世同堂"遂演变成为国家论述，不再是小羊圈里琐谈的祁氏小我。此时日军深入华南，尾大不掉，情势殃及北平，全城陷入饥荒。钱老人九死一生，转入地下和日寇竟存，而瑞宣在小说第三部也拒绝偷生，毅然和后方归来的瑞全并肩抗敌。轴心国——倒牌之后，中国抗战胜利在望，讽刺的是此时瑞宣幼女小妞子却因缺粮而死。祁家第四代同样不能幸免于战祸。

小说伊始，犹记得祁老太爷有"备粮三月"之说，然而北平这一乱整整就是七年。其间群妖现形，众怪显影，没料得备粮储食，七年后曾孙女还是因为饥荒送命！《四世同堂》里，小妞子之死写来最为感人，老舍的人道精神一览无遗。小说中夹插的爱国议论不断，读来唐突，但是死亡这一景却让艺术起死回生，也逼人不得不深思战争之害和人性之蠢。《四世同堂》写到这里，已经超越小羊圈或中国与日本的争执。老舍所思所想，其实是人类共相，令人沉吟。

沧浪之水浊兮
——评杨绛著《洗澡》

1951 年冬，就在中国"抗美援朝"的行动稍弥之际，政府发现官僚体系出现问题，于是祭出"反贪污"、"反浪费"和"反官僚主义"的大旗，期能提高效率。史称"三反"的此一运动方才揭幕，便以燎原之势扑向中国社会各阶层，连学术界也不免，一波波的斗争就此展开。小说家杨绛的长篇力作《洗澡》，写的便是运动方殷之际北京知识分子的遭遇。杨绛的角色是虚构，我却觉得情节与人物心理俱比实际还写实。

和夫婿钱锺书一样，杨绛也是书香门第出身，在西方留学有年后才回到中国。其时国民党政府一息尚存，但离日薄崦嵫也不远。共产党解放了大江南北，杨绛和钱锺书开始体验新中国的新气象。《洗澡》依样画葫芦，也跨越了新旧社会，小说所写的北京文学研究社成立于新中国成立之前，正式运作则始于红旗插遍神州之后。杨绛把重点摆在社中的外文组，笔下诸

"君子"都以学问家自居，但狗屁倒灶的事也干尽，连"学问"两个字都大成问题。有法国文学专家仅凭"喜剧"二字，便断定巴尔扎克的《人间喜剧》是出"戏"。换成乔治·艾略特（George Eliot），我看英国文学的专家或许也会以男性作家视之。总之，新中国这批西方文学的研究者，杨绛讥之讽之，有如令人重温钱锺书的《围城》或《人·兽·鬼》。

上文提到狗屁倒灶的情事，一部分涉及男女之私，一部分写的是学术圈的内斗。《洗澡》里的男女都由旧时代过渡到新中国，有几对难免上演徐志摩一般的戏码：媒妁做成的发妻可以抛弃，自己在外另筑自由恋爱的香巢。他们时而还效法鲁迅或郁达夫，和女学生或女助理高举"真爱"的大旗，而且爱到深处是怨尤全无。感情的事杨绛犹称温婉以对，学术内斗，她写来可就让人性毕露。学术单位里同一个外文组，不同的小圈圈可以彼此相轻，心计之工令人咋舌，缠斗起来煞似谍对谍。俄文此刻俨然文学理论的老大哥，外文组的同人无不奉为依傍。杨绛信笔道来，滑稽突梯，《洗澡》的看头尽集于此。

男女之私或学术倾轧，新中国管叫旧时代的遗绪，待"三反"运动展开，几乎也都变成不赦大罪。整风一扬，《洗澡》进入结尾前的高潮。杨绛借丑态突出时代的荒谬，在一片"检讨"声中，人性的龌龊更显然。于是同事生戒心，夫妇相猜疑，连父母和子女也都有倒戈相向的可能。对于这一切，新社会有新说词，道是彼此帮忙改造，庶几一新思想，一新国家。

是的，"新"字正是《洗澡》的钥字，其中所寓的思想改造，乃杨绛借小说所拟反讽的对象。思想改造也有个俗称，大伙叫做"脱裤子，割尾巴"。杨绛说知识分子耳朵娇嫩，听不惯，所以改名为"洗澡"。上下洗个干净，而新装换上，中国方才称得上焕然一"新"。

晚清以来，"新"字确如鬼魅萦绕在中国人的心头，是好几个世代梦寐以求的家国样貌。维新时期如此，民国如此，共和国也还放不下。《洗澡》叙及思想改造的整风，杨绛的笔是收得有点急，不过就小说所拟张显的社会之"新"和人性之"旧"的对垒而言，她写来确实令人感慨系之，真不愧钱锺书的生命搭档。

桃花依旧笑春风
——评贾平凹著《秦腔》

　　《秦腔》是贾平凹荣获香港"红楼梦奖"的大河小说，不过书中读来最令人动容的是作者的《后记》。贾平凹叙述写作缘起，陕西商县的故乡意象不断在其中闪现，县中尤其是隶花街的兴衰与人事每令他不能自己。于是我们从现实中走进虚构，来到秦岭群山怀抱的清风街，在《秦腔》特有的唱吼中啼听与观看。观看者乃改革开放后中国农村的面貌，啼听者却是千年古调在现代化声中凋零的呻吟。贾平凹用字简朴，但巨笔如椽，寄意深刻。《秦腔》在深入浅出中攀上创作高峰，称之为贾平凹迄今的抗鼎力作应不为过。

　　贾平凹的叙述有其风格，而且《秦腔》从《商州初录》与《废都》的历练中也加强色泽，叙述特点是明暗掩映。《秦腔》中秦腔的没落系小说属于"明"的一面：白雪一家是剧团代表，代代相传，阅遍历史，早在县城与乡间闯出名号。贾平凹不时让故事以谱代声，邀请我们在暗哑中倾听丹阳古调的嘶叫，进而认识传统之于文明演进的意涵。不过时移代迁，传统终究难敌时间的巨轮，吼声最后，秦腔在《秦腔》中转成了一块由时间雕成的石碑，兀自在秦川尘土中风化了。新时代来临，古调在市场经济中变成了广陵散曲，绝响歃下。

秦腔的兴颓，一切都看在《秦腔》中疯子张引生眼里，这里鲁迅《狂人日记》的影子跃然纸上。清风街上，张引生是唯一独立于历史沧桑之外的人物。不过疯子其实不疯，充其量是人称的"情痴"，为白雪一人或她所代表的丹阳古调所迷，从而凭吊时间将逝，见证历史消失。白家以外，清风街上另有大户夏家，而这家人才是《秦腔》中与时变化的关键要角，是那明处所拟突显的"暗"处。夏氏一族人口众多，不过唯有两强独立：一是曾任乡中要职的大家长夏天义，一是现任村干部的侄辈夏君亭。天义就像激昂的秦腔，在改革开放的巨流中犹思中流砥柱，决意拥抱大地或传统，九死不悔。这是螳臂当车，天义注定卧倒在时代风潮的血泊之中。农村人口接着一个个出走，大家族的成员也一个个流失，天义可悲的是最后还落个人死而无人抬棺的窘境。但崇山峻岭中春风不变，桃花依旧笑脸迎人。

夏君亭得称呼天义一声"叔叔"，他也没有离开清风街，但作风和乃叔大有不同。他懂得时间无情，日子得赶得上时代。天义与君亭在《秦腔》叙述到一半时引爆的冲突，写的不仅是家族阋墙，贾平凹也有深意，点出传统和改革已经势不两立。天义保守，改革来临之际，君亭却力图振作，不但首倡现代市场，而且还知道在税务出现危机时贷款抒困，力图度过中国农民和政府最为矛盾的一关。夏家叔侄分道扬镳，正是征腔、秦腔和现代互斥的表征，而秦腔的衰颓同也时暗示了中国农村不得不变。贾平凹这回借《秦腔》写自传，写19岁前自己最熟悉的土地的变迁。白、夏两家都是少时记忆，是从小看大的故乡人物，他们的楼起楼塌乃是故乡或当代中国的变化兴革。

秦腔声渺，杳杳而去，对中国传统文化是好是坏，尚难论断。不过就像台湾的歌仔戏，没落必然，除非能来个全盘改革——就像前些年曾出过事的明华园一般。不过话说回来，明华园的改革已把歌仔戏改为金光戏，而秦腔若加变化恐怕也难以"秦"字再予形容。曲终奏雅因此似非历史最坏的选择，生命总不能永远驻足不前。贾平凹写《秦腔》确有所获奖名的《红楼梦》之风：他虽不写哥哥妹妹，但琐碎繁杂，人物颦笑每如工笔描摹。《秦腔》在厚重朴实中发光发亮，小说中的声音可以绕梁不散，令人闻之而得再三沉吟细味。小说大家，贾平凹不愧此一令誉。

误入桃花源
——评阎连科著《受活》

多年前，王朔领军，打响了"痞子文学"的名号。如果不论内容，单就痞子文学常见的插科打诨又意在言外的夸大与黑色笔法而言，残雪可谓继起的大将，一部台湾可见的《五香街》令人刮目相看。但在王朔与残雪犹活跃于文坛之际，我们已经隐约察觉同时的余华也走在同一条路上了：《兄弟》出版，讨论热烈，且不论写得好坏。这些中国黑色笑料的编造宗师，我以为阎连科写来最关时局，是既露骨，也入骨，技巧之佳与蕴含的深意俱容不得我们小觑。

阎连科的长篇小说《受活》，把上述包括他在内的黑色宗师的重要特色纳归于一，笔法之佳与内涵之深均称不凡，令人击节三叹，难怪获奖连年。篇题"受活"两字据称是豫西土话，意思类如普通话所谓的"快活"。小说通篇果然就写豫西双槐县柏树子乡一个名为"受活庄"的地方，写庄内残疾离乡再觅快活源的形形色色。阎连科把语增夸大发挥到极致，讽刺起改革开放后中国的人心贪婪直逼《兄弟》，简直不留余地。"受活庄"位于豫西耙耧山脉深处，据说先世从明代以来就为世所遗忘。再位居六县相交之地，人尽弃之，所以代代不知有汉，无论魏晋。不过受活民众有一特色：进得庄来，触目尽是脚痈手断目盲耳聋的残疾人士，而且这大致是入庄者的"必备条件"。常态下所谓手脚俱全者，受活人称之"圆全人"，除非例外，不得注册入庄。阎连科写到这里，《受活》显然已由写实变成寓言，能指所指均有其特殊意涵。

累世历朝，受活庄民在庄中受活不已，直到1949年后，生活才开始改变。话说共产党长征之际，有茅支者不堪万里行而脚伤成痈，落在部队后而入居受活。茅支见过世面，知道庄外天地已变，于是在人民公社的年代积极争取入社。奈何受活系双槐、高柳与大榆三县三不管之地，如意不易，最后只得双槐接纳，在县长柳鹰雀同意下变成柏树子乡的一部分。这柳县长并非省油的灯，改革开放后在公利私益下异想天开，居然希望筹款远赴苏联购买列宁遗体，将之改葬柏树子乡以吸引举世游客，增加双槐县的观光资源，使之由穷转富，自己也可以万古流芳。《受活》写到这里，痈子文学褪色，夸大反转，小说变成了狂想曲，一如巴赫金所见的《巨人传》。

购列专款筹募不易，既然受活庄有意入社，庄人又因某方面残疾而致另一方面的能力特别敏锐，柳鹰雀遂将当中的

"精英"组成绝术（技）团，全国巡回公演，卖票筹款。受活残人果然个个"身怀绝技"，江北江南大受欢迎，购列专款募得不说，每个人分红，口袋还赚得饱饱的。不过就在柳鹰雀命人赴苏"采买"之时，有人开始觊觎受活绝术团的"皮肉之钱"，施巧技在新落成的列宁纪念馆压榨这批残疾人士，直到茅支膝下孙女受到性侵方罢。受活人此刻方才醒悟，了解自己误入想象中的桃源，后悔不已。此时此刻，柳鹰雀的购列行动也受到上级注意，省长以破坏中苏邦谊之名将他革职，而屋漏偏逢连夜雨，回到双槐县，柳鹰雀就发觉爱人红杏出墙，自己早已戴了绿帽都不自知。经此双重打击，他一面开会允许受活庄退社，另一方面则径赴车轮下辗断双腿，取得加入受活庄的资格，奔向这座真正的桃源，也为受活庄民误入"桃源"再作烘衬。受活庄自此又得独立自主，受活自如。

从 20 世纪 80 年代以来，阎连科连年登科，小说一部部出炉，而且几乎每部都引人注目，早已摆脱王朔、残雪和余华这些同代作家的关怀，走出一条可令自己和读者受活的创作大道。他的笑闹夸大收放自如，他的狂想可比鲁迅与拉伯雷等东西同道，而在中国现代文学史上，《受活》章中有注，注可成章的特殊笔法，早也已结合卡通妙道及黑色扭曲，使小说本身变成时代的绝妙讽喻。

新台北人的传奇性寓言
——评朱少麟著《伤心咖啡店之歌》

　　就像 1996 年 3 月间台北的政局一样，朱少麟的《伤心咖啡店之歌》一夜间就悄然把白先勇的"旧"台北人扫进历史的尘埃中。这不是说朱少麟的文字才情压倒了白先勇，而是说《国殇》或《游园惊梦》那一代人似乎只能向记忆里寻味，今天台北街头但见新新人类，商业不但吞没了往日的英魂与孤愤，包装出来的人群早也已不知百乐门为何物。《伤心咖啡店之歌》是新一代台北人的传奇性寓言。

　　既然是传奇性寓言，朱少麟自不必紧守写实的框架，《伤心咖啡店之歌》也有不少场景徘徊在其实已经超越自然的狂想曲或宗教性的托喻舞台上。《台北人》辛勤建立的技巧世界，这位刚刚崛起的小说新秀却已排闼而出，另创天地。海安是这个新天地的中心，父母长年滞美，却说儿子流浪在故园。围绕在海安身旁的一群台北青年，有脾气有个性的都是伤心咖啡店的合伙人。他们的爱憎乃通过马蒂的双眼道出：小叶喜扮男装，善解人意；吉儿锋芒毕露，伶牙俐齿，是典型柏拉图式的理想主义者；"藤条"开口是钱，闭口也是钱；素园则工作繁重，生活空虚，不时得参禅修身。马蒂本人婚姻失意，念念不忘大学时代的同居男友，就职电脑公司前后，好不容易才找到伤心咖啡店这个《未央歌》似的精神桃源。严格说来，这些台北男女都无善恶之别，故事进展所赖者亦非传统可见的是非之争，而是这伙人共同的心情之所系：海安。男的爱他上流公子的倜傥，女的爱才也爱情。

除了琼瑶式的英雄外，海安堪称 1949 年以来台湾小说中最夸张的人物。他有石崇之富，潘安之貌，左思之才，还要加上一份阮籍式的狂傲兼狂放。朱少麟的遐想发挥到极致，似乎将海安比诸希腊神话中的许珀里翁（Hyperion）：《伤心咖啡店之歌》不是说海安俊得有如阿波罗的石雕吗？一开头，海安顾盼间的飒爽都由他人间接表述，或由咖啡店墙上倾心少女所贴的照片暗示，而远从北国日本寻来的楚楚佳人明子深情款款，则让人有如置身武侠奇情之中。讽刺的是，我们的英雄通常销声匿迹，每每间隔一段时间才会以身示人。他倘非冷漠待人，便是目无余子。关心他的女人无数，然而他却像性别尚未败露的东方不败一样，教人无从认定爱的是女人还是男人。吉儿眼利，则说还有第三性：他自恋成性。

这一切的叙写其实都是伏笔与衬笔。朱少麟真正要说的是海安有位早夭的孪生哥哥海宁；他故作狂态，待人无情，只因失去了自己与生俱来的另一半。小说的寓言当然由此开锣，台北这张浮世绘遂变成希腊双子星神话的背景，循此又开显出与马达加斯加的地理应对，因为海安离台寻找感情认同之际，唯有后一岛国沙漠里人称耶稣的一位隐士才能让他有失而复得之感。要寻回海宁，完璧得复，海安和耶稣必须形影不离。马蒂独得天启，辞职远赴自小神往的马达加斯加。她找到了耶稣，但发现他已无意死生，情断欲绝，乃随之漫游沙漠，像《新约》里在旷野中接受试练的那"真正的"耶稣一般。此时远在台北的海安也在接受另一种试练，因车祸而陷入昏迷状态中。生与死的肉搏战刻正开打。

非洲政局不稳，沙漠中时而可见散兵游勇，有一次便欺上了马蒂和耶稣。后者原本要为马蒂解围，不料她抢先上前替他挡住致命的一枪，同时也打动了他久已干涸的心。而万里外，台北昏迷中的海安此时适巧醒来。落幕之前，台风袭击台湾，海安和小叶在伤心咖啡店里豪饮狂舞，重拾台北人蓝色的生活步调。此时"另一个海安"推门而入，把马蒂的骨灰瓮交还给咖啡店。接下来，小叶看到耶稣和海安并肩走入暴雨狂风中。在另一幕宁静的内景里，他又看到海安画破自己的脸颊，而就在耶稣滴下眼泪那一刻，他们终于和解。双子星复归应走的轨道。

整部现代传奇，朱少麟启笔确实有点生涩，习惯后倒也发觉缓急有序，写景尤其动人。而传奇之所以没有发展成浪漫灵异，首先是仗着文前析论的寓言，其次是支撑寓言的思辨能力。朱少麟的人物自问问人，滔滔不绝，全书处处可见。所思辨者大至台北的政经要闻，小至生命自由兼柴米油盐。她浓墨一挥，海安或马蒂的生活与工作倒都变成哲思的脚注，弥天而来就像哈姆雷特的强说愁，不时也邀请读者参与对话。正因这种笔法逼人，"新"台北才面面浮现。以纸醉金迷形容或许过甚，但伤心咖啡店及其附属行业如马蒂的电脑公司确有指向庸俗的后现代的倾向。我们不得不相信白先勇笔下的旧时代业已结束，世纪末华丽的颓废兀自卷来。

朱少麟初登文坛，难免把持不准。有些情节信实有力，她似乎难以收手，随兴挥洒，蛇足顿成。明子当个日本少女其实稳妥，居然发展成为旅日忘归的原住民姑娘。为解释她肤色白皙且容貌天成，这中间又夹叙了一段洋神父传教不成，传宗却有方的传奇中的传奇，委实令人错愕又发噱。如此浪漫主义式的基因美学，海安堪比，祖上亦有黄、白血统的混成，"所以"貌赛潘安。或许这种"美学观"也是台北人庸俗的一部分，但朱少麟确实也需要个净友为她作点编辑剪裁和美学上的建议。

魔幻武林
——评张大春著《城邦暴力团》

从 20 世纪 70 年代初登文坛以来，张大春的小说生涯至少经历了三次高潮。首先是《将军碑》的年代，迄今犹令人怀念不已。其次是他的"撒谎"岁月，文坛顽童的性格正式确立。最近的一次则纠集在绵延两年才告完稿的《城邦暴力团》这套书里。我阅毕《城邦暴力团》的前两册时，第一个感觉是张大春的文字修为已达化境。后来三、四册杀青，新旧共计千余页；我一一细品，一个感觉是《城邦暴力团》可谓累次高潮的大成之集，于张大春宜属扛鼎。

我用最高级的语词形容《城邦暴力团》，并不表示这套书完美无缺。眼高手低之处，张大春仍难幸免。不过小说中好处更多。文字修为，前已略及，我应该重复再谈的是书场传统。《暴力团》可以作武侠小说读，可是笔法去卧龙生、古龙远甚，于金庸、梁羽生也有距离。清末民初几位名家或可相埒，但张大春真正的"师承"却是曲白与《水浒》以来的通俗走势，包括文康等人的侠义说部。我们这个时代讲究创新，张大春却回头走进书场梨园，似乎大开文学语言的倒车。然而我们若衡之以他笔下现代暴走族的人情义理，那么书场梨园那套文白混杂的通俗语言其实更具魅力。

话虽这样，我们可也不要以为《城邦暴力团》通书都是如此写成。语言上的审时度势，张大春可是深得三昧。《城邦暴力团》的情节主脉系乎书中第一人称主角的生命际遇，奇的是他也唤作"张大春"，可见作者"江山易改，本性难移"。方才开书，《城邦暴力团》迅即牵出漕帮兴衰和纵横历史的帮会恩怨。"张大春"的重要性要从第三册才开始递增。不过仔细探看，我们发现写史和写当下，或者说写帮会和写"大头春"的时候，《城邦暴力团》的语言策略往往一分为二，有体式之异。可以想见，帮会跃居书场主角时，上头提及的曲白之风会主宰文字面貌。一旦回到小说中的眼前，所叙尤其是那"张大春"个人的龌龊奇糗，则从叙述到对话就会贴近至少是20世纪六七十年代的学生语言。张大春不只顽性不改，他还是条语言的变色龙。

身为读者，我最感兴趣的自是《城邦暴力团》的故事曲折。小说由虚拟与实写兼而有之的"张大春"写起，表过他在台北某书局翻看七本有关奇门遁甲、帮会秘史和医书画谱之后，故事就开始倒带急转，像史诗一样从中起述，转进20世纪 60 年代植物园内的一场亭间雅集。其时漕帮总舵主万砚方邀集包括他在内的七书作者小酌叙旧：他们在江湖上个个原有来头，武功盖世不说，又和政局若有牵连。然而这荷亭小集毕竟不是永嘉年间的兰亭之会；待酒罢众人星散，万砚方旋即五弹穿膛，死于非命。漕帮帮众数万，在地下社会一向呼风唤雨，连那当时的"今上"——亦即帮中人每讳其名而称之为"老头子"的蒋介石——也曾拜在门下。万砚方的死，显然便和这"今上"有关。不过遇刺之际，万某曾运内力在石板上刻下一首《菩萨蛮》，句句如谜。这阕词，后来无端地却造下小说里"张大春"的劫数，因为他贵为辅仁大学中文系的硕士生，又有个老大哥出身漕帮，解谜的工作自然落在身上。解谜引来杀机，虽然张某每次都死里逃生，却也无妄之至。

"张大春"的故事，我一鼎而烹之，撮述得有如浑水摸鱼，因为漏网者多如江鲫。用小说中的话作比，我只组合出拼图一隅。《城邦暴力团》四册皇然，片影残形都如牵丝攀藤，可谓头绪万端，而且常隐于枝蔓，合成不易。大抵言之，前两册纵贯历史，由清初的江南八侠叙及民初的青帮红门。后两册则回头细写那七书作者的由来，说来又和八侠或他们的族裔有关。两线才一会合，我们还得回头揣摩那"过街老鼠张大春"的生命际遇，睇睨他浮沉在两个女子间的感情世界。这个系谱浇铸得硕大庞然，不过张大春处理起来却游刃有余，瞻前多半可以顾后，严丝密缝，呼应之巧有如《西游记》，令人佩服。

饶是这样，系谱的芜杂也有负面效果。张大春为求结构完整，每在两不相干的事件中另觅媒介，而补缀的结果是雪球越滚越大，情节也越扯越细，而故事性相对就愈显薄弱了。这还不打紧，小说过场泰半用"谜"，读来直教人陷入迷阵。万砚方之死已然是谜，所布的解谜线索又是一道谜题。我们方才走出小说中无数奇门遁甲幻设的机关迷障，张大春转眼间又要求你我和他共解为数更多的字谜与画谜，连小说收场也加上不少后设性的魔幻之谜。他一一作解，乐在其中，而我们消受得起吗？我看未必，因为整部《城邦暴力团》已经变成脑力激荡的智力测验。倘抱着阅读武侠小说的传统心态阅读这一套书，您得提防失望。

尽管如此，我还是要强调读者若耐得住性子，用细味普鲁斯特《追忆似水年华》的方式来看《城邦暴力团》，那么小说中奇诡的情节与阳刚的文字氛围仍然可以为我们带来不少阅读上的乐趣。如果再加上一点诠释上的想象力，我保证读者甚至可以在武林暴力中窥见历史与政治的暴力。所谓"城邦暴力团"，其实民国时期国安局、蓝衣社等组织的影射更甚于竹联与四海。从这个角度看，张大春所写倒像是一部私人演义的民国前史，"武侠小说"不过是幌子。

饮食男女
——评王文华著《61×57》

我们揽镜自照,所见通常是形影相反。纽约某店却别出心裁,卖出的镜子是形在右,影也在右。王文华的《61×57》谈到这种镜子时,称之为"真实镜子",因为常态下的镜中像是"幻",而这种镜子映照而出的却是"实"。王文华写过不少短篇小说,篇篇都在试写人生的"真实",11年前的《寂寞芳心俱乐部》是如此,后来的长篇《61×57》也是如此。《寂寞芳心俱乐部》里他犹牛刀小试,笔下的饮食男女仅见轮廓,但是士别三日,在《61×57》中王文华已经展露大家气派,小说里的镜中象和生命实体几乎一般大小。

王文华着迷的"真实",说来竟是陈映真《华盛顿大楼》等系列所嘲讽的商场男女。《61×57》里的林静惠出身台南小康之家,自小文静乖巧,大学毕业后做了点事便到美国,从德州大学拿了个企管硕士再回乡,在北部某金融机构负责外汇买卖。她像一般银行人精明干练，但也循规蹈矩度日，所以22岁之年虽犹小姑独处，倒也乐在其中。徐凯是广告业好手，自称和静惠同年，刚刚走进她生命中时，静惠心头为之一震。不过要等到某日徐凯吐露生命理想，静惠才真有来电之感。这一场恋情始则闷闷，继而焰焰，各阶段的发展都有不同。王文华像写《秀发劫》(*The Rape of the Lock*)的蒲柏(Alexander Pope)，喜欢夸大细琐，将生命俗常郑重处理。小说中流行用语充斥，后现代社会的生活用品也一样不缺。

不过王文华万变不离其宗。他关心徐凯静惠周边的商场痞子，写他们表面一致的理想和出发处雷同的价值。这群社会中坚学就是为了用，孜孜营利之余理所当然以时髦消遣。即使力有未逮，他们也要尽情享受人生，所以男的伺机而动，女的基本上则像王文华另作《蛋白质女孩》所说的"爽口而不黏"。他们的生命变幻莫测，却也以变为常。而人性既然如此，且管他道德为何！这类人陈映真攻之伐之，因为他们不思救世拯民。然而王文华另有所见，小说中虽有讽谏，毕竟承认"肤浅"才是社会多数的生命之"实"。王文华的教育由文转商，现代或后现代的社会万象他知之甚稔，对价值趋势卓有心得。看惯了商场的瞬息万变之后，身处爱情的速食文化中也就不惊，抑且同情以对，中道而观。王文华笔下的人物或许凡俗，但也不是毫无抱负，而是短短数十年间台湾社会确实已经经历了一场李安式的革命。

在文风上，王文华可谓新时代的典型。他像海明威造句简洁，素朴的字词中自有某种韵律。但是海明威板着面孔，不像他风趣幽默，机智频生。20世纪60年代以来台湾作家所讲究的修辞妙道与技巧变化，慢说麦当劳里的读者已经兴味索然，王文华自己恐怕也不耐其烦。尽管如此，他的笔底春秋仍可卷起千堆皑雪。这种力道固然因他布局缜密而得，也因他用喻巧极所致。布局关乎情节铺展，用喻则涉及个人感性。王文华文如其人，对时代的脉动嗅觉敏锐，用喻之准罕人能及。这一切，当然因他微观社会而得。举例言之，静惠有一次人在高楼，王文华说台北街景在她俯瞰下有如"显微镜下的变形虫"，因为计程车"不断黏合又分开"。而静惠自己和徐凯的恋情也是这样，分分合合，时聚时散。起伏间又似"云霄飞车"，因为"玩得刺激，有些害怕，想要下来"，然而"结束后却想再玩一遍"。王文华的喻词妥帖无比，更重要的是富于新意，而其总枢则为书名斗大的两组数字：61×57。

徐凯学画不成，如今沦为广告文案。他追赶时潮虽然不落人后，却也有过一段赴法求学的前尘，19世纪印象派画家雷诺阿是自小心仪的对象。雷氏有幅肖像画《小艾林》，徐凯一见倾心，和静惠初会时就觉得她像极了画中人。他因此展开追求，她多少也因此感动而倾心。《小艾林》原画的尺寸是61cm×57cm，正是小说题名的由来。"这画不算大"，不过徐凯自忖生性浮浪，"永远也画不出来"。他这句自剖的话犹如一语成谶，因为静惠就是他在现实世界里的小艾林。两人间的聚散分合，正如他和雷诺阿名画的关系。徐凯非但静不下心来作画，也定不下心来"从一而终"。他和静惠的互动有进有退，但总有道墙梗在其间，就像《小艾林》的上下左右始终就差那么4厘米。书名巧，不仅把两位主角的关系空间化，也把商业社会的爱情数量化。静惠得见《小艾林》，说来复因徐凯扫描后再"伊妹"之，所以印表机上的情缘由数量化又走向数字化。在这场有如电脑推演的爱情游戏里，我们看到菲尔丁（Henry Fielding）的汤姆·琼斯幻形入世，茶花女几乎也逆转为卡门。

用卡门来比静惠其实不合理，因为在商业社会中，她对道德所持一向是高标准，所以和徐凯交往了好一阵子，才在好友程玲的启蒙下弃守婚前守身的"旧思想"。这一撤退，静惠是有点卡门了。和徐凯耳鬓厮磨日久，王文华笔下的床戏也越多，时而夹杂在刻意经营的异国情调里。浪子一旦征服了淑女，便意味着《61×57》自此要从流浪汉小说走向世态小说去，见证的又是所谓社会的"真实"。程玲的出现强化了这一点。她是现代豪放女，既不让旧道德委屈了自己，也不拿来要求新世界。她和周胜雄是天造地设的一对，彼此只知眼前，不问过去，更知道如今的有情人要成为眷属，对肉体甚至是对心灵上的"忠"，唯有睁眼闭眼才成。这对新时代的新男女让静惠困惑不已，不过在姻缘路上，她们确实走得比自己顺，说来何其讽刺！

徐凯痴肠百转，对静惠的心用不着怀疑。但是王文华以程玲为例，明白宣示"从一而终"的时代已经一去不复还。商业社会的饮食男女纵然情投意合，也难以要求对方终身不得情感走私，何苦不睁只眼闭只眼？徐凯的流浪性格远甚于汤姆·琼斯；他可以是唐璜，因为静惠情同姐弟的阿金生病时，他义无反顾协助照料，看得出是无怨又无尤。然而一扯到男女关系，徐凯再怎么敬重静惠，却也一如程玲，就是克制不了脚踏两条船。打从他们认识开始，徐凯深知不忠就是忠。他喜欢静惠，又怕这位 57 年次的老处女自卑，于是谎报年龄，让 61 年次的自己平白多出了 4 岁。真相未明就是实，一旦拆穿反可能带来害，至少需要更多的掩饰来圆谎。61 乘以 57 所以会出问题，就是因为拆穿了中间那 4 年的间隔，而这一拆穿所造成的乃两个世界主要的差别。

徐凯爱耍嘴皮子，有急智，但非王文华的机智，浮躁的层面居多。静惠年长，因此静而慧。61 乘以 57 既然有此差异，不管怎么乘，就是得不出应该有的爱情空间。一趟东京行，静惠得悉徐凯的爱中另有隐情，前述的聚散波澜遂生，往后便呈分合的情史常态。4 年虽不长，但可别忘了徐凯就是画不出 61×57 的那张肖像画。静惠就是小艾林，中间就是有一道徐凯不了解也跨越不了的鸿沟。王文华把数字转成时间，把时间又化为空间。他用喻之巧，设局之妙，除了王朔，中文世界的痞子文学家看来是无人能及。

王文华和王朔最终仍有别。王文华身在变化万千的商业社会里，尽管同情圈内的企管新贵，对消失中的旧道德似乎仍然念念不舍。静惠在东京所启的疑窦，就是他对肤浅的都会男女的批判。静惠有程玲开示，有周胜雄演法，但宽厚所欢之际依旧"本性难移"，《61×57》的后半部才会上演了几出捉奸记，陷入世态小说惯见的闹剧中。这出闹剧在小说里稍显夸张，反倒突出静惠不随俗而流的价值观，也反映出王文华毕竟有其道德视境。每次扮侦探捉奸，静惠总在笑闹的刻画里提升自己的心灵。每原谅徐凯一次，又表示她长了一智。最后她认清"实"与"不实"实难齐一，而饮食男女也要有其超乎"人之大欲"的价值，便毅然决定离开徐凯，再走旧路。手机鸣，电话响，传真机加上"伊妹"来，静惠铁了心，硬是不搭腔。意志坚定了，道德当然就占上人性的制高点。诡异的是，如此一来，徐凯反倒开了窍，始终画不成的《小艾林》居然大功告成。无声有时胜有声，而拒绝才是"真正"的爱，是生命中的"实"。静惠经事长智，徐凯则振衰起弊。霜枝上的梅花傲放，朵朵无不经过一番寒彻骨。小说中这最后的一景，王文华写来有禅意。

《61×57》确实有如禅门公案。徐凯来去间，甚至是静惠和他在一起的时光，王文华每用"戏剧化"三个字加以形容，而禅门公案就是戏，演的是饮食男女的文化表象与生命的真谛。

禅戏和一般戏不同，经常是反常而行，目的却在彰显或开示生命之常，像极了纽约那家店所贩卖的"真实之镜"。《61×57》就是一面这种镜子，在反照商业社会的实况之际，同时也显示人性的应然，最后则映照出小说家王文华内心最真实的坚持。

神圣与亵渎
——评骆以军著《遣悲怀》

2001年岁末年终，骆以军不待爆竹声响，又以他旺盛的文学生殖力繁衍出《月球姓氏》的下一代。新书题为《遣悲怀》，论者早已指出其中和安德烈·纪德若有联系。纪德乃同性恋者，"发妻"去世后却仍悲痛难抑，因而下笔遣怀。骆以军在"性"情上反是，谊属异性恋世界的所谓正常人，然而文坛朋辈邱妙津去世五年后，他也步武纪德，以九封书信飞跃时空，缅怀故人。邱妙津尝为同性所欢移情而自戕，骆以军情性不同却仍悲以遣怀，又所为何来？

"骆以军"三个字，这里写来当然是为方便，《遣悲怀》中精确说应该指书中那第一人称的主角。不过小说腾挪在真假之间，"真"者甚至包括2001年才发生的新闻事件和骆以军个人的经验，所以把小说中的主角唤做"骆以军"，似乎也顺理成章。这位骆以军虽然在"性"情上迥异于邱妙津，但在"爱"

情的追求上却如出一辙，甚至灵犀互通，对所欢都以冰清玉洁相求。常人世界的骆以军幸而得一贤妻，其情不渝，其志不玷，然而邱妙津就没有这么幸运了。《蒙马特遗书》如泣如诉，一封封却在控诉同志恋人负心而去。如今邱妙津魂归九天，而骆以军犹存人世，幽明异途中两人唯有一径相通，那就是他们对"爱"都坚持甚力。怀中何"悲"之有？邱妙津"遇人不淑"，骆以军伤朋悼友，追思往事而兼以念己，"悲"乃从中而来。

诡异的是，小说中骆以军"伤朋悼友"的方法颇为不俗。他不但借友自剖，而且把满怀悲痛拟为自己和朋友的天人之恋，性别则"错乱颠倒"得有如向楚怀王泣诉的屈子。2001年年底前几个月，电视新闻报道有亡母遗爱人间，愿意捐赠器官，儿子从而穿梭在地铁捷运，担任运尸之人。《遣悲怀》就以这则新闻始终全书，表明幽明两界也有可能以"爱"互通，可见小说家骆以军下笔确实不俗。他继而让小说中的骆以军游移在少年记忆与青年岁月里。"爱"在其中呼唤，魆然又出现在致邱妙津的九封书信中。其间虚拟与实写不分，几乎令人怀疑阴阳两界果然殊途了？骆以军这种嫁接天人的笔下神思，我们读来魂震心惊，尤可见于"爱"已由"情"转"欲"之际，因为此刻的骆以军通常会出窍神游，让自己的思念频频呼唤那情天欲海中的一缕幽魂。

如此写来，骆以军岂止在和死亡对话？他的每一封信都是精神的冥契，发而为人间至情。迂阔一点说，《遣悲怀》这类场景有如一幕幕的游园惊梦，是用后现代的笔法在改写前现代的《牡丹亭》。小说中骆以军尝自比守尸人，在邱妙津——这个名字在《遣悲怀》中似乎只可意会，从未言传——的灵前喃喃自语，如泣如诉又自怨自艾。他回想到昔日的五陵游，只恨自己支吾其词，错过了一吐对"爱"的看法的机会。他和邱妙津因此有志一同，差别仅在实践的勇气大异，此所以骆以军的渴慕中夹杂怨怼。《遣悲怀》写到情深时，小说中人还会跳出性爱的倾向之别，虚构中的骆以军故而也会出神忘我，而胯下的昙花遂在挺起中化为金莲，和邱妙津股合神交。这时守尸人变成了恋尸人，而变化的过程就是全书那九封忏情书。

　　股合神交的一幕是《遣悲怀》的高潮，也是忏情的灵魂最感不安之时。骆以军的"伤朋悼友"——亦即他对邱妙津最为神圣的思念——此刻竟然表现得如此亵渎，不由得他"哭泣起来"。更讽刺的是，骆以军发现不用"亵渎"来表达，"爱"的"神圣"就无从呈现。在这种矛盾的表述中，小说家骆以军是写活了小说中的骆以军。所以守尸人也罢，恋尸人也无妨，骆以军和小说或现实中的邱妙津都冥合为一，幻化成莲花台上的欢喜佛，以无比的庄严和悲悯垂顾世间的芸芸众生。

　　《遣悲怀》所遣的怀中之悲，在这种叙写下实则已经超越凡俗的友情和人间的爱情。骆以军运荒谬之笔让矛盾互攻，令彼此辩证，然后借性爱一步步写出怀中大悲与人间大爱。天地不全，他下笔也不全。唯其不全，我们才知道何者是"全"，至爱为何。

2001 年岁末年终，骆以军不待爆竹声响，迎春花开，又在《月球姓氏》外给我们上了这一课。这新世纪的第一课，正是《遣悲怀》的怀中大悲。

台北摩登
——评王文华著《蛋白质女孩》

上个月我到北京转了一圈。在海淀苏州桥畔的地摊上，我一眼瞧见王文华的《蛋白质女孩》。上个月我也到了上海，在复旦大学正门前国政路一带，我一眼又瞧见地摊上王文华的《蛋白质女孩》。上个月我终于回到了台北，在某高层的晚宴上，文化界先进和高层所谈部分，赫然还是王文华的《蛋白质女孩》。他们没有一位晓得，上个月我跨越海峡飞行时，来回一路捧读的依旧是王文华迄 2000 年已成书两册的《蛋白质女孩》。

台北人读王文华不稀奇，对岸读者嗜读《蛋白质女孩》就值得探究。前述晚宴上先进向高层分析对岸的王文华热，道是其中有某种"异域情调"在发酵。就好比我们常把好莱坞电影的内容当做美国社会看。此见切中肯綮，我甚以为是。不过由此反观台湾的王文华现象，我却又不觉得稀松平常到毫无值得深思处。台北人见多识广，但通体而言，对台北的金迷纸醉其实也怀有某种"他界的想象"。"他界"一词，我指的是常人较少涉足的某些次文化，例如摇头丸和性派对。《蛋白质女孩》首部中张宝和叙述者"我"的异性探险，可能不少男性朋友敢想而不敢做。佳佳和宝琳娜的世界更激情，但"良家妇女"也只能在歆羡中兀自推想。除了网吧和酒馆，台北是否已经后现代到了比昔日十里洋场还摩登的地步？这个问题有趣。如果不是，那么《蛋白质女孩》的世界大概只能算是人性的托喻，反映台北人"饱暖思淫欲"的那个"思"字。

"思"还停留在"想象"的阶段，未必进展到实践的层次。然而王文华却用虚构把想象具象出来，让台北的红男绿女至少可以望"书"而止渴，俨然寄有抒情的浪漫意。坦白说，王文华的最佳之作仍推《61×57》。《蛋白质女孩》系由专栏发展而出，王文华不过加上一层叙述的框架。所以结构上，这部"小说"缺乏传统作品的绵密。即使每回开篇都有"上礼拜"一语来过门，也不足以拴紧情结，制造出长篇的质感。王文华笔下的人物，恕我直言，也不见得生动，张宝或佳佳等人都有点固定类型的味道，而且前言后语常常突如其来，习惯于传统小说的人可能得调整阅读的心态才读得来。不过我们如果把王文华这部披着专栏外衣的"连载小说"视为一幅幅的浮世绘，也不强求其中故事要有绝对的一致性，那么当今台湾青壮派的写手中，笔力胜过王文华的人恐怕罕见。不论是对世事或是对台北未来的走向，他的观察直接而深刻。《蛋白质女孩》不仅跨出当下寻常百姓的生活，也在遥瞻未来的世态，想象 21 世纪的台北摩登。

王文华的笔底春秋，"爱情"两字便是。《蛋白质女孩》充满了"君子好逑"或"文君私奔"，但是我所谓的"爱情"，非指这些古典意象传统的意蕴。王文华的男女经常是有欲而无情，上床为的只是一夜的逸乐。这些男女形形色色，以妖冶孟浪者居多，几乎打尽当下或未来台北可能出现的两性的形态。书题所称的"蛋白质女孩"大约是位贤妻良母，可惜这种人不是王文华的关怀。书中着墨最深的仍属猎艳高手或事业心强的各式女人，当然也少不了宝琳娜这种情场失意下的男性猎者。王文华细摹她或他们幽微的心理，夸大得近似卡通，有些场景强调过度，甚至把舞鹤较差的一面也借鉴过来。王文华的才华，其实多半表现在他独创一格的人物对话上，包括男人对谈女人或是女人相互交心。此刻的《蛋白质女孩》会如龙舞蛇行，机锋相对的场面唾手可拾，而入微的观察或高妙的玄想也四处迸射。王文华挖空心思，笔下几无陈腔滥调，令人激赏尤甚的是他斧痕不显，读来有如意到笔随，时而令人莞尔，时而喷饭，时而又令人不得不掩卷深思。王文华好谈现代人的真理，用的笔调却玩世不恭。

从《蛋白质女孩》一纸风行看来，台湾的小说文化似乎又在经历蜕变。副刊不仅速食而已，将来文学会走的方向，有可能一大半也要读者分饼而食。可不是嘛,《蛋白质女孩》第一集尚未刊出,罗位育早在文学杂志上就用专栏在写中篇小说了。他的抒情当然和王文华的激情不同,而我也不知道《蛋白质女孩》来日会不会出现第三集,但是有一点可以肯定:在传统的"连载小说"和晚近盛极而衰的"极短篇"之后,"专栏小说"可能会变成台湾副刊上另一种创作的形式,呼应台北日益后现代的摩登文化。

恶魔主义的自虐美学
——谈谷崎润一郎及其小说

　　日本大正时代重要作家辈出，谷崎润一郎乃其中佼佼者之一。他长年住在关西，但就出生地而言，不折不扣可以说是东京人，从小在今天的日本桥茅场町长大，而邻舍中最令他终生难忘的是一间中华料理"偕乐园"。这家餐厅很大，约300坪左右，大正与昭和初期的名伎与官场显要都经常出入，店的背后老板之一也大有来头，乃大清帝国的驻日公使黎庶昌。谷崎是否认识这位清室外交权臣，我不知道，不过我们可以确定因偕乐园之故，谷崎自小就喜欢中国文化。他的中文程度仅止于读或做点浅显的诗，像森欧外或永井荷风这种汉诗大家，他应该称不上。虽然如此，偕乐园引发的中国情，往后却引出谷崎的"中国情趣"，促使他写下短篇小说《麒麟》。

　　《麒麟》改写自《论语》中的名典："子见南子"话说卫灵公宠信艳姬南子，致使朝政荒废，百姓涂炭。此时孔子适卫，灵公为其人格感动，遂疏远南子，重理纲纪。但南子不是盏省油的灯：为夺回灵公之心，反而百般色诱孔子。圣人毕竟是圣人，孔子当然不为所动，动心的依然是灵公。他又回到南子身旁了，而孔子只好悻然离卫。《雍也》中这"子见南子"的一幕，在《论语》里系"丑次同车"的道德重戏，在《麒麟》中则发展成为灵肉大战，表现出情欲与女性妩媚的种种力量。

谷崎润一郎写《麒麟》，年方二十四岁，然而当中主题日后几乎却变成他小说表现的重心，继之转为所谓的"恶魔主义"，喜欢写人在"嗜虐与受虐中体味的痛苦快感"，早年作品《刺青》、中期作品《卍》与晚年力作《键》皆可代表，都曾引起艺术抑或情色的轩然大波。《刺青》其实也深受中国影响，谷崎笔下的刺青师傅为完成平生宿愿，不惜下药迷倒某艺伎的年轻侍者，继而全神在她雪白的背上刺成一幅蜘蛛图案。如此行径几近疯狂，对谷崎润一郎而言却是灵魂的追求，情色与艺术在此不分轩轾。刺青师傅拜倒蜘蛛女雪白的"足"下，变态美变成了生命至美，谷崎果然不负"恶魔主义者"的封号。

这种颓废的情怀十分世纪末，我们唯有在波德莱尔与郁达夫等人笔下方可一见。时移代迁，待转到1933年的《春琴抄》，谷崎润一郎则发展出未来唯三岛由纪夫才能承继的绝艺。《金阁寺》里的沟口求美，也为美所害，《春琴抄》中的琴手温井，系同样的典型。他本为琴童，后为少主收为门生。少主是贵族式的少女鵙屋琴，她稚龄失明，脾气难料。虽然如此，人前人后她却力求端庄优雅，丝毫不损贵气。如此性格害惨了佐助，因为他心慕少主，奉为心中唯一的美。但落花纵使有情，也不愿为此而"降尊纡贵"，所以两人虽有肌肤之亲，却无夫妻之名。最后福至运来，伊人终于愿意委身下嫁，而这代价却是佐助跟着失明。盖琴女尝得罪一前来习琴的学生，致令后者心生怨恨，趁其不备而以热水烧灼其面。不过复原后留下的伤疤，从此反而讽刺地变成佐助命运的转折。他唯恐老师顾虑颜面有瑕，也为保全自己心中美的化身，毅然自残双眼，终于感动鸥屋而心甘情愿"结为连理"。

故事听来是有点俗气，然而谷崎润一郎笔法高超，在文语与大阪俗语交替运用下胜出，终使《春琴抄》和《键》一样，变成谷崎自虐美学的代表。温井佐助为爱自刨两目，我们得以想起的亦唯《金阁寺》中沟口的无奈。为保全美的理想，为求自我解脱，沟口干脆火烧金阁。在两部小说中，"美"的概念皆具毁灭性，令人惊怵，谷崎润一郎的奇绝犹胜三岛由纪夫。他并非大日本主义者，而从他的小说看来，至少中国古典绝不排斥。但是像三岛或像后者师事的川端康成一样，谷崎笔下营造的小说氛围确实是另一种日本美的渊源，是一种在性心理笼罩下的阴翳神秘，怪诞荒唐不下于卡夫卡——差别仅在后者略无"性"趣。

《卍》是谷崎转向这种怪诞重要的一步，近代作家嗜写同性恋，谷崎也不例外。不过这部以佛教象征为题的小说，在他笔下却写成了一部同性与异性恋拉扯的"私小说",泄露了谷崎特好的诡奇之美。柿内圆子是《卐》的第一人称叙述者,而小说写的乃她爱上同性的德光光子,以及围绕在她们身边的丈夫与男友。柿内和丈夫孝太郎性事不和,作画时看到模特儿德光的身体,爱慕下随即有了"肌肤之亲",而且恋情就此绵延下去。此事孝太郎嘴上不说,却心知肚明,而德光的男友绵贯荣次郎更是深知内情,而且还百般设计,想破坏这对经常在外"幽会"的"姐妹淘"。最后的结局出人意表,因为孝太郎居然也和德光"有染",形成某种异性恋的劈腿传奇的逆反,而且难分难解,导致三人共同寻短。小说由圆子忏情,因为她是三者中唯一没死成的人。谷崎润一郎所好的怪诞畸形之美,《卐》抒发得最称淋漓尽致。

"私小说"乃近代日本文学的奇葩,独步全球。谷崎润一郎时而承认乃此道高手,时而又否定类此身份,心情恐怕也徘徊在某种混沌之中,一如他第二次往游中国,返回日本后却是两样心情,依违矛盾。虽然如此,尤从《卐》开始,谷崎就不断借笔下主角掀露内心幽微,而这些角色虽有性别之异,个个却都以第一人称写出,仿佛代谷崎发言。

不过约略可归为中期之作的《猫与庄造与两个女人》倒非"私小说"的典型。全书由一封信开头,继之转入全知观点,由飞升在故事上空的一双眼睛俯瞰小说中人的一举一动。庄造是《猫与庄造与两个女人》的主角,也是配角,爱猫犹胜自己的妻子与情人。为掳获其心，后来变成前后任妻子的两人展开一场逐猫与迎猫的厮杀，也在过程中不断反省自己的心眼与对所爱的不解。庄造喜欢这只名叫"莉莉"的猫，其实是把内心世界投射其身，以为只有莉莉才了解自己孤独孑然，内心寥寂不已。人与猫的关系有如恋物癖一样，乃病态、非常态，显示人与人的沟通难得或根本就不可能，感情只不过是一张薄薄的面具。近代日本文学中"猫"的地位特殊，至少夏目漱石以降，重要性陡增而各具意义，谷崎润一郎借以体现日本美感中的失落感。

谷崎笔下的人猫世界中，人性都有点扭曲，而他意之所在也是某种畸形与变态，"性"在这个世界中反而缺席了，说来反常。不过不急，因为继之而出的《键》又把这个主题抓回锤炼，拉拔到另一个高度。日本文坛，也唯有谷崎方能臻至。故事蜇回《卐》等名作中的病态人"性"：某教授年届知命，必须仰赖刺激才能在房事上有所满足，甚至得因此才能恢复青年雄风。然而事有始料未及者，教授夫人固然因此而满足了先生，但果然也因此而红杏出墙，对象还是女儿的男友，而且似乎连女儿都涉身其中，最后教授也在做爱高潮中撒手人寰。整个经过诡谲之至，谷崎润一郎专擅的嗜虐与受虐美也在这般诡谲下攀至耸巅高峰。故事的玄妙犹不止于此，谷崎的铺展手法更巧，由教授与夫人各自刻意写给对方看的日记——陈述，次第交代，两人或两性间为"性"而展开的攻防令人又惊诧不已。

文前我提过《键》是谷崎生平的扛鼎力作，从上面的简述我们应可揣知一二。

《键》同样难以"私小说"名之，不过透露出来的谷崎的内心世界却令人叹为观止，不愧他"恶魔主义者"的小说家封号。不过单就后面这一点而言，谷崎润一郎的中国经验与日本美学却不足以完全解释。《麒麟》世界的耽美唯色乃另有所本：大正时代崛起的小说巨匠，从永井荷风到芥川龙之介，其实都经过当时后劲仍强的欧洲世纪末的颓废与唯美精神洗礼，系其流风遗绪。此所以 1926 年谷崎虽曾二访中国，和田汉、郭沫若与欧阳予倩等文坛精英互有往还，也写有《上海见闻录》与《上海交游记》等书，他却不再以中国为题虚构故事，笔下可见更多的是世纪末的波德莱尔或王尔德。不过这方面我们只能就此打住，因为值得细谈的内容恐怕数倍不止于眼前的篇幅！

莫言传奇
——评莫言著《传奇莫言》[①]

　　刘再复《西寻故乡》有个小故事写 20 世纪 60 年代初席卷中国的饥饿：一只母猪饿得狂乱，居然把刚生下的一窝骨肉啃食果腹。无独有偶，苏童《天使的粮食》也有个饥饿故事，写某帮厨"枵腹从公"，两眼发黑，就是吃不下主厨赏下来的冷馒头，因为儿子乞食，刚刚才被轰走。莫言的短篇新集《传奇莫言》中还有第三桩：有位母亲在磨坊工作，心急家中老小嗷嗷待哺，乃趁管理员没留神，硬在胃中塞下大把的豌豆，回家后再挖喉呕出供家人食用。

　　上述莫言的故事骇人听闻，但背景模糊，似乎只宜发生在"文革"那个时代。不过此处我并比三家，用意不在"文

---

① 　《传奇莫言》为台湾出版的莫言短篇小说选集，由联合文学出版社出版（1998），大陆无同名版本。——编者注

革"确给近代中国带来的累累伤痕。我想强调的反而是张大春在《传奇莫言》导论中的观察之一：此书——我觉得还应再加上同步在台湾推出的《红耳朵》——一出版，《透明的红萝卜》和《红高粱家族》以来莫言寻根干将、乡土健笔的身份便经颠覆无存了。不错，《传奇莫言》仍然绕着高密县东北乡这块神秘的土地转，而莫言的书后语也依旧潺潺在诉说着他对这片土地的眷恋，然而小说一篇篇拔起，从主题到形式都逐步在跳脱高密县旧作的地域色彩，指向多数中国作家与百姓都曾经面对的生命教训。

这种"后出转精"，《传奇莫言》的前两个故事还不容易体见，司马中原式的乡野传奇仍为一绝。不过莫言思绪风快，下笔利索，不一会儿就甩掉高密县这个原乡，一马跨过南海和阴阳两界，居然闯进新加坡的百货公司。接下来的《辫子》和两篇讲天才与疯狂的小说更进入了人性的幽微深处，《辫子》尤属佼佼。郭月英有一条漂亮的马尾巴，宣传部副部长胡洪波未升官前就被"缠住"而和她拜了天地。产下一女后，胡洪波建议妻子剪短头发，方便持家。郭月英却大眼一瞪，嗔道："你想逃跑？"自此胡搅蛮缠，这一家陷入了神经战。电视台主播余甜甜的另一条辫子继而出现，波澜扩大。甜甜把辫子铰给了胡洪波，表示妹已有意。没料到副部长拿着情人的发辫屈打太太，居然就此治愈了她的心病。小说以闹剧开场，中间转向喜剧。莫言的伶俐处在晓得用卡通笔法处理，所以不必理会余甜甜那半部小说的后文。也就是在这种笔法的使用上，莫言跨过传奇，走出高密县，让他的短篇小说和长篇结为一体。

卡通式的夸张处理当然超越了写实，但《传奇莫言》里还有另类技巧把这部集子拉抬到了另一个层次：卡通与奇想并见的幻想曲。我想最好的例子是张大春也曾经致意的《翱翔》。洪喜一脸大麻子，因为妹子嫁给燕燕的哑巴哥哥，所以40岁上换得了这个胶州大美人为妻。新婚夜燕燕初遇丈夫，吓得转身便逃。众人围捕，一拥而上，她却腾空飞起，"像一只美丽的大蝴蝶"栖身在松林的枝桠上。乡民软硬兼施就是驱她不下，待赶来支援的警察响箭一嗖才倒栽下来。有长者见状，居然"拎起一桶狗血，浇在燕燕身上"。故事中有民俗，有迷信，莫言差一点又走回乡野传奇的老路。所幸燕燕腾空一飞，打破了写实的旧套。她一言不发，让动作和众人的叽喳托出心中的失衡，又把小说扭转成了寓言，几可媲美卡夫卡和时下的拉美魔幻。

莫言的变革，长篇小说如《酒国》中早已身体力行，但除非我们把"传奇"作字面而非文类解——盖莫言所传确实奇特——否则上述笔法当然不同于他以往的短篇之作。《传奇莫言》中还有盗尸取药，手法近似鲁迅，也有残缺童心，确实带点刘再复和苏童的味道。喔，不，或许应该说苏童和刘再复分享了莫言的经验：他们彼此濡沫，发而为文，奇葩朵朵。

书话西方小说

"布鲁姆日"百年:《尤利西斯》史上的一页传奇

20 世纪的经典小说不少,有人认为爱尔兰大家乔伊斯(James Joyce)的《尤利西斯》(*Ulysses*)应居魁首。这本书问世于 20 世纪 20 年代,距今不满百年。不过谈到故事发生的时间,我们却得往前倒推到 16 年前的 1904 年,而且得推到该年 6 月 16 日,离我写这篇短文的 2004 年正好整整一百年。《尤利西斯》的主角是布鲁姆(Bloom),6 月 16 日那天清晨,他发现太太莫莉(Molly)外有情夫,而且即将来会,悲伤下乃外出而在都柏林市内四处游荡,迄翌日凌晨方归。《尤利西斯》洋洋洒洒写来 700 页,乔伊斯把焦点都锁在 6 月 16 断肠时,1924 年写给朋友的一封信上因称这一天是"布鲁姆日"(Bloom's Day)。

"布鲁姆日"令人伤感,《尤利西斯》何以要把故事设在这一天?乔伊斯其实有深意。1904 年 6 月 10 日,乔伊斯在都柏林巧遇未来的太太诺拉·巴纳克尔（Nora Barnacle），而两人首度约会便在六天后，地点是市内的灵仙区。乔伊斯深爱诺拉：对布鲁姆说来是情何以堪的时间，对他而言却是生命中的大喜的日子，所以随手就写进小说里。1924年开始，每逢6月16日，举世的乔迷都会大肆庆祝，或集会朗诵《尤利西斯》的片段，或举办学术会议为其精义大展辩舌。20世纪杰出的长篇小说不少，但是没有一部受到如此礼遇，几乎集文学史的殊荣于一身。

诺拉照顾乔伊斯一生，忠心不贰，和布鲁姆那过气的歌星太太莫莉迥然不同。不过布鲁姆倒和乔伊斯一样，对莫莉也矢志不移，即使6月16日那天都已知道她行将红杏出墙也不忍道破，仍然强抑心中不快而待之如往昔。略识20世纪小说史的人都知道，《尤利西斯》的故事架构在荷马（Homer）史诗《奥德赛》（*The Odyssey*）的情节上。小说由布鲁姆视如己出的斯蒂芬（Stephen Dedalus）起述，借以对比忒勒玛科斯（Telemachus）千里寻父的《奥德赛》内容。布鲁姆登场之际，乔伊斯的妙笔其实已经进展到了第四"章"（episode），可以对照史诗中卡吕普索（Calypso）仙岛上那一景。其时奥德修斯在岛上生活已七载，和卡吕普索日夜耳鬓厮磨，几乎忘了应该重返故国伊萨卡（Ithaca）。"卡吕普索"这个名字的希腊文原意是"隐瞒者"：莫莉欺夫外遇，在《尤利西斯》中演示的正是神话名字设以隐喻的内涵。

在《尤利西斯》的社会里，布鲁姆乃边缘人，1904 年时不过是都柏林某报的广告推销员。6 月 16 日清晨他上街买猪腰，准备为莫莉做早点。一路上的联想包括日俄战争在内：在中国的土地上，这场战争此时业已开打了 4 个月，可稍后的布鲁姆万万料不到自己让莫莉蒙在鼓里的时间也相当。待他回到家门口，各种蛛丝马迹显示太太出轨势已不可免，心里不禁一沉。然而布鲁姆毕竟面善心也善，想到夫妻都已做了这么久，干脆绿帽子就戴到底。所以服侍莫莉吃早点，他声色不露。人格上，布鲁姆不是小人物。1904 年 6 月 16 日早晨都柏林街上飘来布家的早餐味，我们在 2004 年的"布鲁姆日"犹可闻。只要这阵香味在，《尤利西斯》在文学史上就不会散，万古流芳已可期。

[附录]

"布鲁姆日"的早餐
——《尤利西斯》第四章精华选译

李奭学译

　　布鲁姆拿起叉子叉进烧好的猪腰里，啪的一声将猪腰翻转过来。然后再把茶壶放在托盘上，碰的又是一声，盘子凸起来的地方都给熨平了。该放上去的都放上去了吧？四片奶油面包，还有糖、茶匙和奶精等等。是的，都放上去了。布鲁姆用拇指扣住茶壶的壶柄，把整盘食物送上楼去。

　　他用膝盖轻轻顶开房门，端着餐盘子走进去，然后摆在床头旁边的椅子上。

　　——怎么这么慢啊！莫莉说。

　　她单手肘撑住枕头，一骨碌从床上就坐起来，床头的铜环震得叮咚作响。布鲁姆弯下腰，静静睇着她一身的丰腴，双眼沿着巨大柔软的乳房中间溜下去。睡袍里面，一对奶子像母羊的乳房斜垂。莫莉身躯半躺，体温浮上空中，和倒出来的四溢茶香凝为一体。

乡关何处
——从萨义德、马奇诺谈到徐忠雄

萨义德的自传《乡关何处》(*Out of Place: A Memoir*) 出版以后，世人对"离乡背井"这个现象又多了一层体会。萨氏人在江湖，心怀魏阙，对祖居的巴勒斯坦魂萦梦牵，对自己定居的美国反有流离之感。他稍后虽有调整，以先天的血缘和谐了后来的文化。即使如此，萨氏先前的心情，我们仍不陌生。且不谈部分旅美华人，纵为 1949 年后来台者中也似曾相识。近年来现象抑且翻新，有人觉得凡有祖坟处，才称得上"故乡"。

那么到底何为"故乡"？我相信这个问题仁智互见。世纪之交，台湾出版界几乎同步推出马奇诺（Andreï Makine）的《法兰西遗嘱》(*Le Testament Français*) 和美籍华人徐忠雄（Shawn Wong）的《天堂树》(*Home Base*)，分就亚欧与亚美的角度对"故乡"重加定义。徐忠雄不难归类，我称他"美籍华人"，但马奇诺就不一样，至少在 1995 年荣获龚古尔文学奖那一刻，他都还没拿到颁奖国法国的国籍，政治上依然是俄罗斯人。法国人是否"大肚能容"，我不敢肯定，不过马奇诺对法兰西有一份孺慕之忱，法文又写得比俄文好，似乎已经国际公认。《法兰西遗嘱》乃自传小说，写来如诗似梦，一贯《初渡爱河》(Au Temps du Fleuve amour) 等所作的文体风格。马奇诺在其中倾吐童年以来对法国的爱，令人动容。

他何以如此向往乡关千里外的法国？马奇诺——且容我将他等同于《法兰西遗嘱》里的第一人称叙述者——生长于西伯利亚，看多了集中营和思想钳制，所以"危邦不居"可以算得上是原因。如果他用俄文写作，则 19 世纪屠格涅夫一类"崇法情结"还可再添一解。但是如同小说所述，马氏最重要的有位"法国外婆"，孩提以来常听她用法文话当年，说法国。外婆仪态雍容，谈吐优雅，因爱情而自甘终老于西伯利亚。马奇诺耳濡之下，对外婆的法国旧物也目有所染，终于对远在千里外的异国情深款款，对自己终年冰封的国家倒有"乡关何处"之问。

马奇诺的法兰西乃听闻而得，当然是经想象成国，心中的浪漫有朝一日必然牴牾现实。他成人以后才关山迢递，辗转抵法定居。不过幻境幻灭的常人之感，他却抗拒到底，即使人在窘境也不改其志，甚且由衷企盼把外婆接回故地重游。外婆长居西伯利亚，爱情让她把异乡当故乡。这个故乡却在十月革命后让她身遭蹂躏，痛不欲生。她对法国昔日的甜美回忆尤切，种因于此，而教给马奇诺的就是这些镀金的过往。然而这似乎仍是问题，马奇诺知道面对当代巴黎，外婆未必认得就是旧游之地。外婆的故事显示：不论人在俄国或在法国，她似乎都有"乡关何处"的问题。

马奇诺和外婆的故乡是叙述，是精神原乡，仅见于记忆。比起早年的萨义德，他们少了一分迷惘，多了一分坚持。所以外婆虽然来不及返乡便与世长辞，马奇诺在法国现实里犹自觅天地，一圆作家之梦。徐忠雄为第二代华人子弟，生于美国，长于美国，认同的迷惘更少，坚持更力，萨义德的"乡关何处"在某种意义上对他简直构不成问题，而马奇诺的"梦乡"更是他如假包换的真实世界。《天堂树》的原文比《法兰西遗嘱》早 16 年出版，不过两者间有一点颇似：祖上落地生根的历史，徐忠雄的叙述者陈雨津一通过长辈的回忆认识，二则自己筑梦重寻，全书写来因此又显得如诗似梦。

萨义德的困惑仅见于陈家——有部分或许是徐家——第一代。19 世纪中叶，陈雨津的曾祖以华工身份来美。他白天修筑铁路，晚上忍受恶寒和思乡之苦，随时还得面对大环境里排华的横逆，几经艰辛。美国对他而言因此是梦魇，遂把幼子送归中国。曾祖没料到祖父身上仍流着移民的血液，才成年又"离乡背井"，远赴美国重觅"乡关"。他像一般移民在旧金山外海的天使岛受辱，差点命丧黄泉。但是依美国法律，这块土地才是他真正的"故乡"，因为生身之地在这里，不是父亲所源的中国。祖父毅力过人，在西部骑马放牧，变成一位身份上颇堪玩味的"华人牛仔"。从此以后，陈家认同了这块土地，几乎以美国人自居。

我说"几乎"，因为他们时而仍有流离之感，是中国传统中远离桑梓的漫游者。如何在法律故乡寻找精神故乡，接下来就变成陈家最重要的课题。所幸祖父不曾要求后代非得认同中国不可，陈雨津的父亲一脱离牛仔生活，上了大学就变成美国海军的工程师。他彻头彻尾是个美国人，最明显的标志是运动健将的身份，是摇身一变，变成了美国文化所崇拜的英雄人物。从大老粗到科技精英，从华工到"华人牛仔"，从牧人又变成了运动明星，陈家三代不仅蜕变，而且一路融进美国历史，甚至化身变成为这部历史的代名词。到了陈雨津这一代，可想法律和精神故乡早已结合为一，大可向世人昭告自己血液中的美国性。

我用"大可"形容，有语"滞"保留之嫌。纵使陈家自认是美国人，外在环境依然用肤色认定他们系"外国人"。第四代人的"乡关何处"因此很诡异。他们得在故乡寻觅故乡，像繁体字版的译者何文敬所说的一面向白人中心论开战，一面得清理华美论述的系谱。尽管如此，我所听到的小说声音更激昂：《天堂树》似乎暗示要挥别"离乡背井"的漫游感，唯一的办法就是打进主流，让"种族的熔炉"确实以多元发声，而不是固守血缘与文化传统，回头缩进远祖的中国。《天堂树》

的后半部有一景我们读来可能伤感，因为偕父亲驻守关岛时，陈雨津应邀参观一艘台湾来的敦睦舰，可是他清楚感知这是外来的访客，和自己的"故乡"全然无关了。纵有伤感，我想我们也得说陈家确实应该结束数代漫游者的身份。他们是美国人，得有自己的港口下碇。

　　乡关何处？这个问题易问难答。陈雨津上下走了四代才确定，马奇诺算得天独厚，即使人在冰天雪地的西伯利亚也晓得答案何在。为了一圆返"乡"之梦，他付出过代价。这么看来，萨义德先则彷徨，继之以巴、美双声发言的力量就显得拖泥带水。陈雨津倘可作徐忠雄看，萨氏的坚决更不如，因为徐氏根本就否认自己离过乡，背过井。

观看之道
——评卡尔维诺著《帕洛马尔》

卡尔维诺（Italo Calvino）的小说一向哲理与情节浃洽无间，读来令人击节而目不暇给。不过他一生压轴的《帕洛马尔》（*Palomar*）略显反常，传统小说艺术所系的情节要求已经压到谷底。像加缪（Albert Camus）和萨特（Jean-Paul Sartre）的创作一样，《帕洛马尔》以主人公对人世的省思取胜。

诡异的是，人世虽然是帕洛马尔观看的客体，细索慢品，人世却又如拉康所论霍尔拜因（Hans Holbein）名画《使臣》（*The Ambassadors*）中的两位特使与骷髅头一般，反以其锐利的眼光在谛视帕洛马尔。小说"情节"之特异、微妙而引人入胜者，全在这种主客易位的"逆向而视"所造成的效果上。

《帕洛马尔》一开场，"观看"这个阅读主题就登场。帕洛马尔在海滩漫步，此际有女人裸身在做日光浴。两人交会那一刹那看似无言，实则缪辏已生，缠绕在"看"与"被看"这个此时稍涉风化的心理问题上。帕洛马尔刻意压抑，以异化客体来彰显自己的视若无睹。然而不经意间女人仍给窥见了，她乃报以怒气难耐而扭捏的"眼光"，表示观看客体已经主动在建立知觉情境，试图化自己为类似动作的另一主体。

按照卡尔维诺的设计，第二场"观看"的主景之一是各式的店铺。帕洛马尔穿梭在顾客和各类食品中，名为"购物"，系个人主观的动作，但到头来卡尔维诺却明白指出，选购——比方说——乳酪的帕洛马尔其实不是在执行自己的意志，而是他"被乳酪选上"了。类此叙写的重心，显然已非单纯的主客易位，而是这种易位本身所铭刻的帕洛马尔对物质文化的认识。倘再推展到欲望的层次，这种认识所需要的"观看"行为还会回眸逼视原先的动作者，促使小说中的帕洛马尔摇身化为大众文明虎视的对象。帕洛马尔对市场杂货稍显有意，文明这部机器马上反掌将他纳为禁脔。

最后一部分的叙述中，帕洛马尔开始周游世界，他观赏日本庭园，又到墨西哥徜徉，这一切仍然涉及视觉活动。帕洛马尔老调重弹，企图抹除"他"这个观看主体，准备让"观看"自己去观看人世。这谈何容易，帕洛马尔发现世界早已分割为二，一是"正在观看的世界"，另一则是个"被观看的世界"。帕洛马尔有所不知的是，此刻后一世界早也已用纷呈的万象将其被动的地位转为主动。所谓观看客体并非小说中的景点，而是景点自我升华了，正在端详帕洛马尔。我们读者呢？我们

"游目"至此，一个阅读上的启示是：帕洛马尔看人世和人世看帕洛马尔这二者，说穿了不过小说符号的调整与互动，"人"的主体性因此是个"既无名号又无形体的小点"。

或有人说帕洛马尔不是虚构，是作者卡尔维诺的化身。此说甚是。《帕洛马尔》虽是百来页的"小"说，卡尔维诺的人间阅历与省思却经挤压而缩龙成寸，密度之大远非卡氏他作可比。形式当然不是角色与作者合一的主因，卡尔维诺自己紧盯人世所化成的块然思绪才是上面假设的宏基。但人世——至少是小说中的人世——也因为紧盯着卡氏才有存在之可能。

再回到我们读者自己。我们读小说所赖者当然也是目视，这个动作其实重复了帕洛马尔和世人——甚至是他和卡尔维诺——之间的符号互动，差别只在主客体的符指有异。换句话说，一不留神，读者大有可能像拉康（Jacaueo Lacan）阅读《使臣》的过程一般，发现自己居然是也掌中小说阅读的对象。

遗忘·梦境·真相
——评米兰·昆德拉著《身份》

当代东欧小说家中，米兰·昆德拉 (Milan Kundera) 超尘拔俗，秀出班行，原因有二。第一，他体裁多变，从个人传记到国族论述，从叙述体的评论到评论体的叙述无不在行。其次是他风格特异，总能寓沉痛于幽默，寄辛酸于幻笔。从《不能承受的生命之轻》到《被背叛的遗嘱》，上述特色纷陈，早已拢撮为昆氏著作的注册商标。新作《身份》(L'Identité) 经中译之后，再集梦态抒情与生命透视于一体。昆德拉之所以为昆德拉，于此又得一证。

《身份》中的梦态抒情殆因女主角尚塔尔"我执"世相所致，不能以"遗忘"自我超拔。她婚后不过数年，独子夭折，自此消落低沉，恹然处世。丈夫亲朋力劝怀胎再育，以免为记忆所苦，尚塔尔却一一拒绝，更难谅解丈夫劝说的动机。离婚势成必然。几年后尚塔尔遇见男主角让·马克，有如灭顶者攀到浮木，两人于是同居。尚塔尔以男友舒缓丧子之痛，自以为摆脱了过去。但"我执"的本质乃依附心理，尚塔尔的同居只是换汤不换药。过去依然是痛，她不时在幻觉或梦中惊见夭折的幼子。

从上面这个故事梗概看来，昆德拉这本书似乎颇具弗洛伊德的色彩。我如此断言的基础当然是弗氏著名的恋母情结说——虽然要为尚塔尔把脉，此地我们也宜将弗说易为对应的恋子官能症。在此之外，弗洛伊德对我们了解《身份》还有个更重要的暗示：尚塔尔的梦幻人生固为作家笔下的虚构，但和真人真梦一样，此中也有个弗洛伊德学者认为"像写作形式一般的结构"。这一点，正是《身份》诡异得荡人心腑之处，因为学者所见的弗氏梦的解析除可指出上述恋子情结的修辞性外，另又引出了这个情结所位移出来的小说下文，亦即尚塔尔和让·马克介于儿子与情人关系的情欲新局。

原来让·马克是个大鼻子情圣，为体贴尚塔尔的落陌，不时匿名给她写情书，让她误以为另有伊人爱慕。母亲的心情外，她平添一股少女情怀。她和让·马克《儿子与情人》般的生活本来已经如幻似梦，如今假中添假，更像大梦一场。对让·马克来讲，母亲的角色她不是，妻子与情人亦非也。尚塔尔"身份"错乱至此，不要说她"意乱情迷"，连让·马克自己也缥缈恍惚。然而梦总会醒，让·马克虽非戏妻的薛平贵，待尚塔尔发现真相，仍以为他心怀不轨，一怒下由法国起程到伦敦，企图把个梦幻人生抛弃在身后。然而伦敦当真是"真"，当真无梦也无幻，可以寻到自己的真身原貌？

我们且不谈情节发展上的逻辑，从昆德拉最推崇的虚构笔法来看，伦敦绝对不会比法国来得真实。《小说的艺术》中，昆德拉认定卡夫卡所创发的那个真假合一的世界才是小说艺术在近代最重要的突破。毋庸讳言，《身份》的心理学深度不若《城堡》或《审判》，然而昆德拉化真为假，以幻景为现实的板定章法也不含糊。加以他的抒情能力远在卡夫卡和超现实主义者之上，因此成就的是另一个层次的艺术典范。抵达伦敦后，尚塔尔发现所处乃人性的《变形记》，可以思之过半。而她所介入的舞会淫冶放荡，自己在狂欢中又跌入失忆的渊薮，"身份"再度成为奢谈。唯一的"真实"，或许只有随后赶到的让·马克情深似海的脸庞。这一切，抒情是基调。

在西方文学史上，昆德拉最欣赏的小说巨擘是塞万提斯。但他看重的不是吉诃德先生的道德勇气，而是塞万提斯笔下淬炼的人世真理，亦即所有的真理都是相对生成，"不定"才是世相所系之处。在《身份》中，这层道理早已经过叙述幻笔层层的强调，最佳的表现或许是遗忘所要遗忘的真相和真相所要遗忘的梦境之间的辩证性冲突与统合。昆氏实践艺术信仰的能力，于此可以窥斑见豹。

故事与玄想
——评桑塔格著《我，及其他》

　　20世纪60年代以还，苏珊·桑塔格（Susan Sontag）就是一个令批评家头疼不已的名字。从新批评迄新马克思主义的现代文论，她一律嗤之以鼻，独尊艺术的"表面美感"，尤好以出奇文字耸人听闻，长于所谓"一言妙句"(one liner) 的叙事句式。即使批评上的代表作《反对诠释》(*Against Interpretation*)，也冶通俗与高眉于一炉，开发上述美学原则不遗余力。把理论付诸行动，桑塔格1967年完成的《棺材》(*Death Kit*) 是滥觞，11年后推出《我，及其他》(I, Etcetera) 则是短篇小说集中的极品，实验性甚强。

　　《我，及其他》里的"一言妙句"故作姿态，桑塔格杂陈以故事与玄想，以便营塑某种偏执与神秘感。细读集中八篇小说，我们发现桑塔格的"故事与玄想"其实是借篇中人物的怀旧、迷惘与我执来体现。以《中国旅行计划》为例，怀旧这种

"情绪"便紧扣着故事的线脉。桑塔格的双亲曾因经商故而长居中国。五岁上父亲去世，桑塔格其时滞美，但立志"返乡"一探究竟。1973 年，她应中国政府之邀来到朝思暮想的"故土"，所见所思的结果便是《中国旅行计划》。中国时值十年"文革"期间，满目疮痍，一反桑塔格从文字听闻中所认识的图像。故事中满布迷惘，幻灭处处，原因在此。情节在一言妙句拓展的神秘中匍匐前进，绕过桑塔格的童年记忆而终止于困惑与惊惧。主角联想翩翻，桑塔格郑重其事，"拉杂写来"却也拼凑成为有头有尾的叙述整体。

《中国旅行计划》里的迷惘因所知与所见不谐而起，《我，及其他》里的他作多的却因心理惶惑所致。《贝比》里有一对为人父母者饱受煎熬，因为他们不知膝下爱子何以发疯。倾听这对夫妇哀诉者系一位心理医生，他片语不发，更加突显夫妇迷惘的心情。《百问犹疑》则是另一典型。生命百无聊赖，重复如西西弗斯的推石仪式，故事中的灵魂深为啃咬。桑塔格借此想说明的似乎是：强者固可不惑于生命的本质，弱者却难以承受排空而来的一个个疑问。有疑问不是问题，有问题的是有疑无解和接踵而来的惶惑之感。

上面所谈的几篇小说，桑塔格都用"一言妙句"的妙笔写下，间夹沉重的思绪，读来色浓而调缓。就《我，及其他》诸篇而言，桑塔格唯有在寓言中才会提高小说的亮度，加快叙述的节奏，因为此时她多半以闹剧与讽刺剧的形式在处理故事。

《美国精灵》是例子。这篇小说写来虽乏宗教情怀，笔法却有如中世纪的道德剧（Morality Play）一般，布局之细致则是文艺复兴史诗的翻版。扁脸小姐乃欲海众生的写照，她和荒淫先生合作谱出的荒唐情史反映出美国社会颓废而丑陋的一面。小说的闹剧性格强，连故事最后的温情也经连坐而成嘲讽。其时扁脸小姐魂归北邙，前夫后婿赶来相送，两人居然因惺惜而相濡以沫。

《替身傀儡》也是闹剧，玄想与幻想兼而有之，但主题一仍他作。《百问犹疑》所"疑"的重复而单调的人生在此重现，逼得主角不得不借助科技以制造自己的"替身"，"本尊"则退隐台面下以回避一成不变的人生。"替身"系机械制品，用之以应付生活中的机械性。孰料事有不然者，盖"替身"仍可接纳生命中最乏机械性的一面：他爱上了"本尊"的秘书爱情小姐，怠职私奔而去。尽管如此，爱情仍然是生命公式的成员，何况桑塔格的主角依旧是喃喃自语的第一人称，不但重复了《我，及其他》多数故事的模式，也重复了《反对诠释》以来桑塔格自己的行文风格。我们不时体察"一言妙句"的力量，可见西西弗斯推石如斯确是生命甚至是写作的本然。

桑塔格独特的风格所写出来的故事通常有骨无肉，批评家每以"单薄"诟之。不过诚如 1978 年一篇专访中所述，桑塔格下笔虚构，目的都在转化小说为"机器，以便创造出各种强烈的情感"。对桑塔格而言，理性和感性因此可以二分。《我，

及其他》所重者自是感性，是以集中桑塔格反智反知与耸动知
觉的美学原则其来有自。"单薄"云云，非其考量重点。《我，
及其他》之所以具有强烈的实验色彩，这是原因之一。

非洲大地的沧海一粟
——评库切著《迈克尔·K的生活和时代》

  2000年短短的一年里，南非小说家库切在台湾连续出版了三部长篇力作。首先是自传体小说《青春》(*Boyhood*)，描写族群冲突与身份惶惑。其次是同时推出的《耻》(*Disgrace*)和《迈克尔·K的生活和时代》(*Life and Times of Michael K*)。前者刻画师生越位与尾随而来的报应，警世之音重；后者的故事则在平淡中有深意，因为库切意在托寓整个非洲的内里，以便重弹早年《等待野蛮人》(*Waiting for the Barbarians*)的旧调。此所以南非局势板荡，迈克尔·K迭遭横逆，他心中仍然波涛不起，有如涅槃化境。

  迈克尔生在黑人家庭，母亲为人帮佣度日。打一出生，迈克尔就是鼻裂唇开，致使母亲为此常遭讥讽。迈克尔的心智发展又迟缓，上学没多久，就被送往特殊机构照料。长大后，他进入政府公园管理处当园丁，直到30岁才因为母亲生病而离职。那个时代南非武装冲突频仍，外在环境险恶无比。迈克尔带着母亲回到故乡，把她照顾得无微不至。母亲死后，他身携骨灰开始流浪的岁月。不料出门就遇到兵，惊惶度日，过的居然是像逃亡一般的生活，一度还曾被捕而关进集中营。

好在迈克尔生来就是非洲之子，四处躲藏时发现田野才是自己安身立命的所在。他偶尔种植，又从作物的茂密成长里发现生命的恬静与喜悦，于是开始把自己交给时间，忘却尘劳，全神享受眼前的生活。可惜迈克尔身在战区，四窜的兵丁很快就发现这位化外之民，还怀疑他和敌营有关，一阵拷打后遂以叛军的罪名把他押往回乡的路上。我们在小说中再见迈克尔，他已经一身是病，羸弱得仿佛幽灵，躺在集中营的病床上静观世变。这时小说的叙述观点改变，由迈克尔转成医院里一位第一人称的医生。大家都当迈克尔是外星来客，犹想从他身上套出点叛军军情，只有这位医生洞悉幽微，知道迈克尔迟缓的眼神背后是一缕远古的幽灵。面对逼问，迈克尔静静回道："我们所有的人都是土地的小孩。"

库切写迈克尔的流浪岁月，打一开头就是淡笔以对。迈克尔愚痴，他不是《青春》里为身份苦恼不已的少年主角。他敬人惜物，亦非《耻》里自作孽而后惨遭黑人蹂躏的当权白人。他只是非洲大地孕育出来的沧海一粟，渺小到别人经常弄错他的名字。至于姓氏，那就更不用说了。本来没有，即使库切硬派给他一个，也不过是个英文字母而已，说来还有如门牌号码一般。迈克尔的时代动荡不安，白人黑人都曾作茧自缚，自贻伊戚。然而这是外在局势，古老的非洲仍然有一己的灵魂，可以历百代而不散。迈克尔憨直而不解文明的狡诈，可是他也有心灵，有自己的感受，希望在田野上重温殖民前大地的自由与闲散。这是个"高贵的野蛮人"，不折不扣也正是非洲坚忍而亘古如一的灵魂。

[附录]

高贵的野蛮人
——小论南非小说家库切

  2001 年诺贝尔文学奖落在南非小说家库切身上，相信不会有人跌破眼镜。在一个后殖民时代，白种人出身的库切其实拥有异乎"有色人种"的同情心。这种民胞物与之感，库切的名作《迈克尔·K 的生活和时代》最可一见。这本小说写非洲黑人迈克尔·K 因政局不稳导致的流离失所，也道尽了非洲土著对自己生命的无奈。库切所见有更甚于此者，那是迈克尔·K 背后的历史沧桑之感，是非洲那一缕幽魂对现代世界的抗议，对帝国主义文明的控诉。

  迈克尔·K 有名无姓，象征非洲大地的失落之感。不过这种迷离并非库切与生俱来。相反，他出身良好，祖上从 17 世纪就从荷兰移民到南非，父母也非寻常百姓。所以库切从小就在贵族式的天主教学校就读。及长，他除了自开普敦大学修得数学与英国文学的双学位之外，还在 1969 年荣获德州大学达斯汀分校的语言学博士，并且拿到了傅尔布莱特学人等的荣誉。库切后来居然放弃唾手可得的香港高薪，在水牛城纽约州立大学任教。两年之后的 1971 年，他又束装东返，重回开普敦大学。不过这次库切是当老师，随后又荣升担任阿德恩英语文学讲座教授（Arderne Professor of English）之职，而且因撰写小说故而获奖无数，包括英国著名的布克奖。以如此精英之身，库切却是打一开头写作，就对殖民主义身怀恶感，首部小说《幽暗之地》（*Duskland*）可以窥知一斑，对当时的越南战争尤曾三致其意。

库切当然也经历过认同上的问题，自传体小说《青春》写种族冲突，便表现出白人在非洲大地的彷徨。所幸库切毕竟悲天悯人，深知自己所从何来，又因何养成，是以对脚下土地的认同感益强。《迈克尔·K 的生活和时代》写非洲大地，想盼殖民之前草原上的自由与闲散，对文明自是不屑一顾，对文明所带来的烽火连天更有正面的抗议。在这部生命杰作中，我们看到库切分身再变，"阿德恩英语文学讲座教授"变成了卢梭笔下"高贵的野蛮人"。他屹立挺拔，和下笔刻画的黑人都是非洲千百年来坚忍精神的典型表率。

咫尺千里，觌面难通？
——评帕克丝特著《巴别塔之犬》

何致和先生是台湾当代的小说行家，也是现代小说家中身兼善译者这个大传统的一员。2006 年前后，他把帕克丝特（Carolyn Parkhurst）的《巴别塔之犬》（*The Dogs of Babel*）译成中文，在海峡两岸分别出版，我相信会有不少的回响①。在中文世界，帕克丝特这个名字可能还陌生得很，可是在英语世界却是公认的小说新锐，美国评论界对她纷纷寄予高度的期望。《巴别塔之犬》虽是帕克丝特的处女作，但几乎才一面世就洛阳纸贵。畅销不说，从东岸的《纽约时报》到西岸的《西雅图时报》也都撰文力荐，可窥见重一斑。何致和的译笔不俗，帕克丝特在他笔端毫末堪称已在中文世界浴火重生了。

---

① 简体版在2007年由南海出版公司出版，译者仍为何致和。——编者注

《巴别塔之犬》写生命中某种不可承受之重，用三国时期佛教译经界的话来讲，或可称之为"咫尺千里，觌面难通"。三国时代的译经人多为西域胡僧，他们的中文未臻成熟，而为其笔受的中国信众的梵、胡语言也程度不够，故而慧皎的《高僧传》直指译经之际，"梵客华僧，听言揣意，方圆共凿，金石难和"，更常见的现象则为"咫尺千里，觌面难通"。这种人与人之间在沟通上的困窘或障碍，正是《巴别塔之犬》想要表现的主题。小说的主角名唤保罗·艾弗森，他的第二任妻子露西是个制作往生者面具的艺术家，某天突然从后院一棵高度颇不寻常的苹果树上跌落，香消玉殒。保罗对妻子之死甚感不解：是因故自杀抑或失足而亡？事故现场一位目击证"人"也没有，唯有一条目击"犬"，亦即露西的宠物狗罗丽而已。死亡的原因既乏前兆，也无人能解，目睹全程的罗丽却是一条"狗"，看到了等于没看到。保罗在大学任教，是位语言学家，为了了解爱妻的死因，他决定教导罗丽"说话"，讲出实情，而故事主脉继之登场：在教导的过程中，保罗开始忆往，从点点滴滴中回忆露西，也从这点点滴滴中开始认识露西。他拼凑出来的爱妻样貌，居然连自己都大吃一惊，盖爱妻生前的形象他似乎陌生，而且居然要等到死后才可获悉。故事讲到这里已经有点卡夫卡，呈现寓言化的多层次发展，尤在隐喻人和人之间的关系：即使亲近如妻子，为人夫者也未必完全能沟通，何况其他的社会关系呢！类此沟通之难为，小说中随着保罗训练罗丽讲话而一步步揭晓。让狗学讲人话，纵使语言学问高如保罗者也力有未逮。人与人之间沟通不易，人与狗之间当然也没有共同的语言。

这"共同语言"四个字，在西方文化史上最佳的隐喻当属《圣经》中的巴别塔（Tower of Babel）。据《旧约·创世记》载，大洪水过后，世上唯诺亚一家幸存。他的三个儿子繁衍的宗族支派继之又在大地上立足，分别建国定居。分建的邦国其实各有"方言"，但《创世记》也强调"那时天下人的口音、语言都是一样"。这种普世语言，20 世纪的犹太思想家本雅明无以称之，乃强名曰"纯粹语言"（rein Sprache），而"天下人"或"人与神"在某个时间点之前就借此沟通。诺亚的子孙往东迁徙的时候，他们在示拿一地发现了一片辽阔的平野，于是决定在此定居。非特如此，他们另又烧砖筑城，还想要建塔通天。这座通天巨塔，就是帕克丝特借以题其小说的前述的"巴别塔"。有趣的是书题虽有此名，但终《巴别塔之犬》却不着一字于此，令人阅读之际疑窦频启：全书和巴别塔有何关联，我们的阅读又能沟通书题吗？

这是个大哉问，回答得了就表示《巴别塔之犬》已读通了一半，至少猜透了作者帕克丝特撰书时部分的心思。阅读往往由诠释开始，经常言人人殊又因时而异，所以我们不妨从《圣经》上的记载回答上述的问题。按照多数犹太或基督宗教的解经学者的看法，夏娃和亚当偷吃知识树上的果实乃人类堕落的开始。无巧不成书,《创世记》中那知识树和露西自其跌落的树一样,都是棵苹果树,差别仅在后者的高度"颇不寻常",和一般供人采收者大不相同。露西的跌落因此可以类比夏娃开启的人类的堕落。易言之,《巴别塔之犬》打一开书就指涉连连,而且皆具寓言与象征意味。神禁止人类吃知识树上的果实,原因在吃了会知善恶,别生死,而巧合的乃露西制作面具的工作也攸关人类的生死,她一生更常出入在亡魂或自己的善恶间。帕克丝特撰书的巧思,至此是再明显也不过了。露西系失足抑失心而死,无关《巴别塔之犬》的宏旨,帕克丝特打开头就暗示人类自出人世就命运已定。

《圣经》所写人类命运的二度证实,至少得待历史开展了数千年之后,也就是要待巴别城中巴别塔兴立之际。从《创世记》看来,诺亚的后代拟建城立塔的原因是要"传扬"他们的"名",免得他们"分散在全地上"。不过从《创世记》再看,这建城扬名与"通天之塔"似乎都非人类真正的罪过,神最担心的乃如下的可能:"看哪,他们成为一样的人民,都是一样的语言,如今既做起这事来,以后他们所要做的事就没有不成就的了。"依字面来分析,这些话的重点在"他们所要做的事就没有不成就的了"一句,因为建城立塔表示人类是"一样的人民",可以讲"一样的语言",也就可以"众志成城",和神抗衡。人既未分,语言又趋一致,表示当时示拿百姓可以沟通彼此,毫无障碍,而"众志成城"可能就指"心与天高"。巴别塔的故事，昭示的因此是"沟通"果然可能，那么力量就会大到足以威胁神的权威。就神的立场而言，这哪里能容？于是神在《创世记》中又道："我们下去，在那里变乱他们的口音，使他们的言语彼此不通。"苹果树遭到侵犯，显示人性本恶，人又有"沟通"彼此的本领，干犯天条亦非难事。巴别城破而塔倒，自然意味着"沟通"已失，而这种窘境不仅见于人与人之间，甚至也见于人与神之间。再从本雅明的犹太神学推论，人世间因此便需译者代言，我们故此便因何致和而能一读《巴别塔之犬》。由于人神难通，所以人世间的巫觋祝祷随即出现，露西亡故前一天曾求助于塔罗牌这类占卜之术，为的仍然是要"通灵"，玩的依旧是"沟通"的游戏。巴别城与巴别塔的倾圮，因此不啻人类第二度的堕落，而这次的恶果是人类丧失了"沟通"的能力。

保罗拼贴出露西生前的面貌，猛然间才察觉真正的露西，自己实在陌生得很。由此回顾他俩生前的恩爱，其基础似乎就非中国人所谓"心有灵犀一点通"，反而恩爱得有点莫名所以了。露西死后，保罗的前妻来访，甚至熟识的朋友也都大表关心，然而凡此种种，我们在《巴别塔之犬》中读到的却又攸关沟通与隔阂，而且负面到几可再借中文称之为"灵犀难通"。人和人都如此了，连亲如"爱妻"者亦然，则巴别塔造下的恶果实不亚于偷吃禁果的严重性。本雅明关心的是人应如何重返神的怀抱，台面上译者的责任因此不输台面下巫祝的角色，而保罗拟——而且还身体力行——训练罗丽讲话和他身为语言学家的身份也因此而讽刺连连，变成了修辞学上所谓的"反讽"（irony）：表面和实际永难"沟通"，甭提借"语言"互诉衷肠。

《巴别塔之犬》这个书名之所以启人深思，重点不全在"巴别"二字代表"变乱"与"灵犀难通"，也表现在书名中的"犬"字之上。这个"犬"字若用鲁迅笔下的新文艺腔译，何致和应该译成"狗们"，以其为复数故也。是的，小说中提到的"狗"不止一只，但我们读来都知道罗丽才是众犬中真正的主角，是单数而非复数，而何以帕克丝特反以复数为题？这个问题的答案，我想还是言人人殊。不过观诸《创世记》中巴别塔的故事，我们是可以肯定其中连一条狗都找不到，所以"众犬"在《巴别塔之犬》中合该是个隐喻。如其如此，那么继之应问的就是隐喻的是什么？这个问题的答案恐怕才是小说的真意，而且答来恐怕还悲观得很。人类虽"灵犀难通"，但至少还有"语言"可以稍稍表意，"众犬"则连人类的"语言"都没有，"汪汪"之声能传达多少"心意"当然不无疑问。《圣经》又指出人乃万物之灵，言下是不用把其他动物——包括狗——也"一视同仁"。罗丽在《巴别塔之犬》中的隐喻地位，因此愈形突出，难免不令我们视之为"人"的借喻。就帕克丝特的教育与生活背景观之，我不相信她听过或看过《道德经》第五章中"天地不仁，以万物为刍狗"或"圣人不仁，以百姓为刍狗"这些话。但是我们由常人经常误解的后者"逆向"出发，反而可以明白在"神"之外，犹太教与基督宗教的宇宙论竟然都是以"人"为中心。巴别塔的故事中只有人，而且是一群可以沟通人、神的人，但巴别城和城中之塔一倒，众志所成之城就灰飞烟灭，化为人世间的万国了。"沟通"一旦不再可能，那么在新的人世中构筑巴别塔的"人"还能拥有"人"的称呼吗？即使有，"这些人"又和他们视为宠物的"众犬"有何不同呢？《巴别塔之犬》的人世之见确实悲观得很！

就上述种种再论，"悲观"果然是人世真相！所幸在"灵犀难通"之外，帕克丝特还是相当重视人与人或与他者间的感情。露西自苹果树"堕落"之后，罗丽绕树三匝，哀鸣不已。保罗训练罗丽讲话，亦可称百折不挠，愈挫愈勇。这种精神本身就是寓言，象征两者对主人或亡妻无尽的爱。夫妻间愈难"沟通"，人类愈觉应当保有巴别塔故事未曾摧毁的"爱"。这种从神而得的禀赋理当该建立在"心有灵犀"的基础上，不过在保罗、罗丽和露西这个"三角习题"中，帕克丝特用她特有的象征笔法，反而传达出一个大家习以为常的悖论：就算灵犀难通，"爱"依旧可以通行于人与人之间，甚至通行于人与兽当中。三国时代的"梵客华僧"经常处于"咫尺千里，觌面难通"的翻译或沟通窘境中，但是慧皎却告诉我们这种现象从来不曾阻止译经的工作，当然也不曾阻挠梵华僧众对信仰的热诚。西方宗教的巴别塔确实倒塌了，但仅摧毁了沟通上的畅达，并没有禁止人间夫妻不能持续儿女私情或人兽之间不能维系感情，也没有禁止我们的译者何致和用他流畅之笔传递上述人世的智慧。现代英语作家或当代中文译家中，这点大概也只有帕克丝特与何致和能够体得或悟出，双双沟通无碍。

移民社会与后殖民小说
——从奈保尔著《米古埃尔街》谈起

东西文学史上姐妹档的作家不多，19 世纪英伦的勃朗特姐妹或当代台湾的施淑青与李昂乃百不得一。东西文学史上父子或父女档的名家也不多，法兰西的大、小仲马与当代台湾的朱西宁及其膝下二女也难得一见。东西文学史上祖孙三代都是翰墨人杰的例子更是少之又少：当代台湾我想不起例子来，但特立尼达奈保尔一家由祖到孙都曾入选国际文坛名人录，则令人印象深刻。在滔滔小说好手中，他们一家怕是万不得一了，而这里我要谈的当然是 2001 年荣获诺贝尔文学奖的 V. S. 奈保尔（Vidiadhar Surajprasad Naipaul）。报刊常就举世文坛发言，奈保尔之名耳熟能详，但他乃奈家第二代小说巨匠可能识者有限。不谈弟弟席瓦·奈保尔（Shiva Naipaul, 1945—1985）同是小说能人，我们也不用指出席瓦的儿子尼尔（Neil Bissoondat Naipaul）同样克绍箕裘，单是父辈须菩沙·奈保尔（Seepersard

Naipaul, 1906—1953）就曾管领加勒比海风骚一时，对诺贝尔奖儿子影响更大，中文世界的知者，我想不多。下面姑循欧人称呼，我从"老奈保尔"谈起。

老奈保尔出生前，家人已经移民特立尼达。及长，他干过的活包括路标画工、杂货店老板、记者和社工人员。如此生命际遇，难怪他出手就是典型的社会小说。早期之作如《古鲁德瓦历险记及其他短篇》（*The Adventures of Gurderva and Other Stories*, 1943），便以客观而巨细靡遗的手法写当时特立尼达的印度裔社群，刻画其中百姓在环境逼迫下放弃祖国传统，改行西班牙殖民者式的生活方式，语气在无奈中又充满理解与同情。老奈保尔不惧实验，从形式到语言俱在摸索，目的便拟反映所属族群的生活实况与生命经验。不过说起生命，儿子奈保尔刊行的《比斯瓦斯有其屋》（*The House of Biswas*, 1961）方称最可反映老父一生。这部小说由传记敷衍，甫一问世就佳评如潮，奈保尔认为没有老父熏陶可能难产。对儿子而言，老奈保尔简直是加勒比海地区不可或缺的文学典范，从《米古埃尔街》（*Miguel Street*, 1961）开始就引为攻错之石。

席瓦·奈保尔的声名不如乃兄，但他 1971 年的获奖名作《萤火虫》（*Fireflies*, 1970）以认同为诉求重点，就曾令兄长沉吟再三。印度人在 19 世纪大举移民今天的西印度群岛，特立尼达是定居的大据点之一。然而印度传统悠久，时间长过中国，印度移民所至──尤其是曾经欧人殖民而带有欧洲色彩者如特立尼达等国——怎能避免移出国与新环境间的生活与文化差异。就读牛津大学时，席瓦主修中文，对中国所知甚深，《萤火虫》与其他小说表现出来的文化冲突，因此不输美籍华裔作家如汤婷婷等人。我们的诺贝尔奖大师奈保尔上有父亲，下有弟弟，而他们既为认同问题的散文虚构行家，又岂能身免？奈保尔先入牛津大学，毕业后在伦敦的英国国家画廊及英国国家广播公司的"加勒比海之声"中服务过，对自己口操流利的英文却一身棕色的"敏感身份"当有"乡关何处"之叹。生命稍后所撰的《大河湾》与《幽暗国度》等读者熟悉的名作中，奈保尔对"身份"与"认同"的观点已大有改变，但早期作品确实存在上述色彩，可谓"家学渊源"。《米古埃尔街》并非奈保尔的处女作，前此他已著有《神秘的按摩师》(*The Mystic Masseulr*, 1957)与《艾尔维拉的一票》(*The Suffrage of Elvira*, 1958)两书，然而《米古埃尔街》却使他荣获毛姆奖，对文化摸索与身份追求尤有启示，而且写来婉约抒情，换个时空背景，还有美国作家安德森《小城畸人》温伦的心理写实味道。行家出手，果然不凡。

《米古埃尔街》的故事性不强，奈保尔所赖，是静态的白描工夫，中间再穿插几个情节以联击首尾，彼此呼应，使之变成终始有致的有机体。故事发生在第二次世界大战前后，不过拉开之时，多半匿名的叙述者却已长大成人，书中所述系他回忆幼时和寡母独居特立尼达首府西班牙港的一切。那时他年纪犹小，但聪颖过人，也富于同情心。西班牙港的贫民区是米古埃尔街，他每每穿梭其间，流连在街上人群之中，对每户人家几乎都了若指掌。《米古埃尔街》每日上演的戏剧，因此都从他的角度道出。街上印度移民的后裔几乎个个古怪，各有癖性。鲍嘉想开裁缝店，不久却离街而去，家里反而变成酒友赌徒群聚之处，使"米古埃尔俱乐部"之名不胫而走，而用小说中叙述者的话来讲："我们"在"米古埃尔街上生活的人"，都"把这条街看作大千世界，人人都与众不同。曼曼是个疯子；乔治是个笨蛋；大脚毕佛是个恃强凌弱的懦夫……"众生有相，《米古埃尔街》是写实中有喜剧的天地。

小说中的故事当然也不是简单若此，在"米古埃尔俱乐部"，我们认识到哈特、爱德华等小说要角或次角，而女人经常出现得没名没姓，最后却往往是众多的事故之源。爱德华算次角，娶了个白皮肤的女人，满心希望能生个小孩传宗接代，但太太始终荒芜不孕，最后还和某大兵私奔而去。爱德华伤心欲绝，四处奔波，找到太太时却已大腹便便，后来还和大兵又生子数个。鲍身回来后就被警察逮去，原因是罹犯重婚之罪，大伙问他何以去而又返，却答以舍不得街上一干哥儿。哈特也因为女人而出事。他本来为人海派，在米古埃尔街上一向带头起哄，闹事乱事几乎干系难脱，某个意义上说还是少年叙述者眼中的英雄。不料一天他带了个女人回家，两人间随后的发展后来虽难称如胶似漆，但哈特自此几乎深锁家门，直到某天女人离家，又和人私奔而去。哈特最终逮到"奸夫淫妇"，失手打死了人，开庭后就发监服刑，还发放重狱。不过他不改幽默与好面子的寻常性格：大伙探监，犹西装笔挺而谈吐风趣。

坦白地说，街坊有难，米古埃尔人众其实关怀的程度有限。事不上身则已，否则各自纷飞，不离不弃者唯叙述者而已。他会以同理心看待苦难，伸出援手。话说回来，这条色界之街也充满了俗世罪孽，酗酒聚赌不曾须臾离，男女乱事更如上述仍重头戏码。爱子日日与街友为伍，叙述者的寡母感到不对，不得不下最后通牒：这个第一人称的"我"——或者根本就是少年奈保尔——不可如是混过余生，得离开街上追寻新的生命。《米古埃尔街》的故事从叙述者 13 岁讲起，曲终奏雅，他已经 18 岁。街上有印度人，有黑人，有白人，可是街人的生活似乎仍以印度传统为主。婆罗门时代印度诗人蚁蛭的《罗摩衍那》所写的哈奴曼，人人都知道是晚明吴承恩《西游记》中孙悟空的原型；在米古埃尔街上，这部古老的东方史诗如实却是生活的一部分，有吟唱者，有讨论者，有如《论语》在台北一般。面对老去的经典、全新的移民社会，哈特等啸众而聚者要何去何从？"曼曼是个疯子；乔治是个笨蛋"，他们或许像哈特一样不思不想。但是叙述者不同。再怎么垂悯米古埃尔街上的芸芸众生，他仍愿遵母命离乡。转变的关键——依我看来——还是战胜后美军开进西班牙港的耳闻目睹。那时大家犹难相信战争结束，眼前明摆的却是装备精良的美军与吉普车呼啸而去，凡此都截然不同于西班牙港往昔的倾圮隳堕。眼见及此，少年叙述者离开了米古埃尔街；少年奈保尔也挥别特立尼达，远赴英国求学。

奈保尔要走出自己全新的道路。不管在西印度群岛或在英伦三岛，他都深切体会自己乃活在"借来的文化"中：语言如此，漂白的脑袋也一样。能做的是什么？像爱德华或哈特浑噩一生？叙述者少时崇拜的偶像，《米古埃尔街》结束时再非心仪的对象。少年奈保尔此时所思所考乃族裔的命运：文化是借来的，语言亦然，既然都是既成事实，何不从中奋起而战，借之更新生命与价值？走到这一步，《米古埃尔街》跨出了苏童的香椿树街，远离了白先勇笔下位在台北天母的窦公馆，变成了《大河湾》，变成了你我都熟悉的《幽暗国度》。在《萤火虫》里，席瓦所写的印度旧俗犹负隅顽抗，然而一旦遇到后殖民问题如经济危机、社会失序、族群主义与文化转型，传统便得沉淀成为本土社会，至少会变成"印度式的特立尼达"，再也不完全是印度了。奈保尔活得久，看得多，弟弟——甚至是父亲须菩沙这位"老奈保尔"——小说中所讲的道理，他体之弥深，而《米古埃尔街》便如前述在预告这20年后会发展成熟的体悟。对奈保尔来讲，作家对自己的族群仅有同情并不济事，作家还要懂得分析，把族群旧习甚或"祖国"的恶习一一擢破，而且不留情面。

有人认为《米古埃尔街》是部喜剧性的写实戏剧，温馨可爱,不过读到最后,我倒觉得奈保尔用喜剧的调子狠狠反刺了米古埃尔群氓,通篇因此转成一出社会讽刺剧,尖锐如刃。剧中人——尤其是叙述者——在都会与贫民窟间蹀躞而行,在西方与东方民俗中蹭蹬而走,下意识的企图应在摸索20世纪40年代特立尼达印度移民应有的时代态度。谈到《米古埃尔街》一类的少作,后来的奈保尔道:"我真希重回那惨绿少年时。"他不是想重蹈米古埃尔街上的生活,而是想在刻画中更精准地分析族人的生命未来。他的分析,时而就像《幽暗国度》那么单刀直入,萨义德甚至因此回赠了他一顶"东方主义者"的大帽子,言下指他是棕外白内,助西方中心论为孽。不过批评是一回事,奈保尔依然为世所重,从英国的布克奖与骑士封号到加勒比海地区最高荣誉的"三位一体十字勋章"(Trinity Cross)样样拥有,2001年的诺贝尔文学奖反倒有点锦上添花的味道。

加勒比海沿岸的优秀小说一向以复调为尚,众声喧哗。《米古埃尔街》虽然以白描为主,细思下却满布巧技,混声与类码共鸣齐唱。写实主义以为笔下的文字社会安稳如实,放在《米古埃尔街》中则得调整,已经颠覆成静流下的急湍或楚汉分明中的黑白离离,我们读来非得掩卷深思不可。奈保尔类此笔法要待《在自由的国度》方臻成熟,可是反映老父生命的《比斯瓦斯有其屋》却已端倪可见,而此前的《米古埃尔街》亦迹象分明,可谓格局已定。传统写实的单一叙述模式,到了奈保尔已转为片段出之但流畅无比的布局新法，有如在回应加勒比海社会多元族群的地景。即使"身处本国"，这一带的殖民主体偶尔仍然会有疏离之感，但经时间发酵与长远思考，不论非裔、欧裔、亚裔或本地土著居民，早已了解彼此最后都要融为一体，冶为一炉。《米古埃尔街》只是熔炉的开始，但没有这部小说，奈保尔往后深沉、充满批判精神并跳脱族群缪辖的后殖民小说要问世，我看也难。文学不争一时，日后生命的衍发却可窥诸当初，由早期作品预见端倪。乡关何处？落脚之地便是：中文所谓"随遇而安"与"入境随俗"而已。奈保尔一家老少——至少我较为熟悉的前两代——的说部编次，似乎都在印证这个前现代与后现代的生命道理与价值，而这点——据我所知——台湾的姐妹或父女档作家群似乎仍得奋起思考，就算不必"直追"。

超越女性主义
——杂谈多丽丝·莱辛及其小说

　　台北时间 2007 年 10 月 11 日，瑞典传来多丽丝·莱辛（Doris Lessing）获颁诺贝尔文学奖的消息。那晚我刚从国外回来，甫进家门就接到几位记者和副刊主编的电话，问我对莱辛的看法。当时我回答了几句，大意不外莱辛的女性主义色彩强，但强不过法国的西苏（Hélène Cixous），英文文笔高，但高不出美国的厄普代克（John Updike）。不过她陪榜确实已久，获颁诺奖殊荣，我们应乐观其成，虽然也没有必要过分夸大，应以平常心视之，尤其应从莱辛的艺术成就衡量。

　　在英文系，莱辛是英美小说课上的常客，出版界对她又关爱有加，从《金色笔记》（*The Golden Notebook*）以来，至少有四种以上的中译本问世，所以她早已不算生人。回答报界朋友的话，我确实有感而发。不过时间如今已过月余，回想当初，我觉得自己似乎过分主观，因为莱辛的成就，艺术和社会关怀不能二分。作品如《返乡》(*Going Home*)等又具自传色彩，对地理空间特别敏感，《追寻英人实录》(*In Pursuit of the English: A Documentary*)表现得尤其强烈，对第二次世界大战后英国工人阶级的社会与文化处境常怀伊戚，而后来让她声名鹊起的《金色笔记》、《第五个孩子》或《浮世畸人》等书更不在话下。莱辛几乎变成社会不义、政治不公与女权思想的对抗与拥护者，乃20世纪下半叶迄今举世罕见的人权斗士。

上述种种，我想和莱辛禀性有关，但说来也不能不回溯她的生命历程。莱辛出生于今天的伊朗，其后在今天非洲的津巴布韦接受多明我会的宗教教育。她的生活要进入另一阶段，得待14岁举家移民伦敦才成。在非洲南部，莱辛常携枪在草原上狩猎，养成独立的生命精神。转到英国，她因故辍学，自此未曾再接受正式教育。尽管如此，莱辛却手不释卷，尤其嗜读19世纪的欧洲小说大家。巴尔扎克、托尔斯泰与陀思妥耶夫斯基，她都心仪不已。这些大师级作家多为人道主义者，莱辛耳濡目染，跟着也走上社会主义的道路，对政治大感兴趣，连希特勒的《我的奋斗》也变成案头熟客。对莱辛来日另有影响的是艾利斯(Havelock Ellis)，曾在他的性学研究上下过不少工夫。1938年以后，欧洲社会主义日盛，莱辛难免时潮左右，三年后终于加入某马克思主义团体。

像莱辛这类社会主义者，20世纪欧洲颇不乏见，小说家乔治·奥威尔或哲学家如罗素等人都是。莱辛和这些几乎同辈的英文写手不同的是，她虽然在十数年后因苏联入侵匈牙利，愤而退出共产党，斯大林的暴力统治也让她失望不已，但从1941年开始，她"矢志不渝"，不曾后悔自己和马克思主义的渊源。托尔斯泰等人道主义者的影响，昭然可见。莱辛因社会主义思想如此坚定，所以终身痛恨批评家加诸其身的"女性主义者"这张标签。对她而言，后一身份狭猛，根本不符合马克思思想内涵的各种社会关怀，而这也是报社问来，我并不主张就区区"女性主义"四字定义莱辛的原因之一。

批评家所见当然事出有因。莱辛曾离英而后又重返英国，此后她的创作力更盛，《暴力之子》（*Children of Violence*）系列之作在荣格（Carl Jung）影响下泉涌而出，中间还岔开写出《金色笔记》等传世之作。《金》书重要无比，莱辛的名声要跃出欧洲，走向全球，功劳系之。《金色笔记》共分五个大章，写来气魄犹如史诗，但莱辛关心者首先是女性古来的边缘地位。主角安娜·伍尔夫（Anna Wulf）之名几乎偕伍尔夫夫人（Virginia Woolf）而来，不过糟糕的是她婚姻破裂，丈夫离去，仿佛在预告20世纪后半叶妇女可能的处境，而全书也就在类此两性战争的亘古氛围中曲折开展。莱辛抱负宏大，小说中的女性主角卓有识见，绝非泛泛之辈，而最重要的是全书还强调另一观念："女性观看世界所界的滤网，就功效言之，其实无异于男性观看世界所用者。"莱辛此语一出，《金色笔记》和西蒙娜·波伏娃的《第二性》或伍尔夫的《自己的房间》同时爆炸，炸出了一条更激烈的女性主义大道。由是开始，尽管莱辛一再强调胸怀丘壑，山高水长，她却在批评家笔下定调了。"女性主义者"之名不胫而走，而《金色笔记》也变成20世纪60年代以后"妇女解放的《圣经》"，再难翻身。

妇运当然是20世纪欧洲社会最大的变革之一，但莱辛何许人也，她广受南非小说家谢瑞那（Oliver Schreiner）的影响，写起非洲故事来比库切还要严肃，1950年撰就的《青青草吟》（*The Grass is Singing*）曾改编为电影，在20世纪80年代大放异彩，其中透露而出的莱辛固有女性主义的色彩，但是马克思与反殖民思想的着墨更深。这段期间内，莱辛所写稍带欧洲中心论，不过她马上调整世界观，而且一跨就走过传统的桎梏，朝着某种扶弱抑强的英雄主义迈进。对莱辛而言，女性地位不振不过是社会不公与历史不义的一部分，怎能和种族歧视或阶级区分这类更大的国际关怀相提并论？妇女确需解放，但应放在举世种种迫害者的架构中看，更应看到全球因种族与殖民侵略故而受到压榨的百姓的不幸。莱辛当然是女性主义者，但仅以此一身份视之则未免眼拙。

《金色笔记》问世之前，批评家多以"写实主义"定义莱辛的小说，有时也称她是历史唯物论者。不过《金色笔记》中的妇女解放也含带某种伊斯兰苏菲主义（Sufism）的神秘色彩，对政治抗拒反有某种程度的失落感。莱辛在意的应属个人的救赎，或谓主角精神的成长，而凡此在《暴力之子》系列稍后的《四门之城》（*The Four-Gated City*）都变得更加明显。莱辛笔下的女角不但会在错乱失心中追求道德完整，而且对未来每有某种天启式的期盼。20 世纪 80 年代之后，不论是《苏玛丝的日记系列》（*The Diaries of Jane Somers*）或《恐怖主义专家》（*The Good Terrorist*）等嘲讽之作，莱辛几乎"一反常态"，会在女主角为事业牺牲之际又令其展现同情心，关怀社会，尤其是其中的弱势团体。爱尔兰共和军和苏联的格别乌（即后来的"克格勃"）已经取为特例，借以讽弄世人自顾不暇却又穷兵黩武。莱辛超迈了"女性主义大师"之身，她关心的是史上所有的不公，是社会一切的不义，是人类全体各种的不幸。

书话非小说

世说新语
——评庄信正著《文学风流》

学者出身的小品文家大多有一个共同的特色，就是喜欢掉书袋，在文章中摩挲日常阅读与学术关怀。20 世纪三四十年代之交出了一位梁遇春，上天下地征文引句，言必及于行内的古籍与今典。我们今天何其有幸，也有个庄信正三句话不离所读，程度较诸梁氏犹有过之，而且从《展卷》到刚经梓行的《文学风流》都始终如一。梁遇春命途多舛，文章每好自剖，主观的成分重。庄信正则不然，他撰文通常不会把自己带入，纵有感怀也好像事不关己，所以《展卷》看似格言集，而《文学风流》因以作家为重，读来竟有如一部现代版的《世说新语》。

"世说新语"当然是褒词，要在这种文类中打滚，没有大学问不行。但以今天世界之小衡之，这种学问，刘义庆的腹笥恐怕还容不下，因为作家除了穿梭于中国古今，还得出入于东西之间。从《文学风流》的内容看来，庄信正的气魄更大，更为集中。他不仅谈西方近代，笈中重点恐怕还是欧洲古典，书里风流从而淹有博尔赫斯和柏拉图等经典名家，并及你我耳濡目染的李贺或陆游。刘义庆谈贤媛，记谐谑，庄信正的分工没有这么细，然而铺排起来也无奇不有，"大道为公"。他写屠格涅夫和陀思妥耶夫斯基的瑜亮情结，他述苏格拉底一门三杰的互相调侃，他记亚里士多德和亚历山大大帝的师生情仇，说得都言犹在耳，声咳如闻。庄信正或因普鲁塔克（Plutarch）取材，或自第欧根尼汲源，仿佛把哈佛大学整套的洛布文库（Loeb Library）都塞进《文学风流》之中。功力之深，中文世界少见。

　　我用"世说新语"形容《文学风流》，在这里因此又有文人言行的小百科之意。不过就此衡之，本书和《展卷》倒有一个共同的问题，亦即各篇偶尔失之在多。多本无妨，无如庄信正写来时而午午亭亭，堆垛中常乏联系，甚至复沓重叠，有如把瓶罐一股脑儿塞给读者。这种笔法处理的果为瑜亮之争或同门阅墙，犹有看头，因为当中原本就有情节待演。如若叙述的是拉遢慵懒或貌寝才尽，那就不一定让人眼睛为之一亮，因为事属静态，而故事倘又展延不成，叠床架屋就容易犯下。《文学风流》的得失故而正如《哲学家列传》（Lives of Eminent Philosophy）或《雅典夜谭》（Noctes Atticae），有时水波不兴，有时静水深流。当然，说人肥胖易，砍掉自己的赘肉难，这点好玩文字者倒都应该引以为戒。

话说回来，《文学风流》多数毕竟"风流"可观。依我浅见，学问于庄信正不过锦上添花。他剪裁得当之际，笔底常可生花。这是豪放时，婉约处则见于书中引例以外的驭繁为简。此刻庄信正行所当行，止所当止，风云变于掩卷深思处。故事之外，他因此又得以营塑气氛，把庸俗风雅让给寒碜高贵，使谏果回甘。风雅诚然非关风流，但风流一定可以令人闻风回味。由是观之，《文学风流》其名洵然。

文学与生命的告白
——评白先勇著《树犹如此》

　　自从《台北人》一举成名以来，白先勇最令人好奇者系其个人文学生涯的养成。在《树犹如此》推出之前，《第六只手指》和《蓦然回首》已分别记录下不少是与这方面有关的点点滴滴。《树犹如此》内容芜杂，从追溯友情的书题篇到书末有关艾滋病的座谈记录都有，我们几难理出头绪。尽管如此，我还是要强调书中真情毕露，不止坦陈白先勇的朋友之爱，也可见他对传统艺术的执着与对人世怀抱的悲悯之心。如果撇开有关艾滋病的座谈记录，林林总总，我想这本书重点仍然在"文学"二字。

　　白先勇是台湾现代主义的健将，一手创办《现代文学》，又为这场运动开辟先锋论坛，功不可没。白先勇何以和现代主义挂钩，其内缘与外在因素又是如何？这些问题处处撩人兴趣，《树犹如此》由20世纪五六十年代的政治环境答起。白先勇贵为将门之子，却从来不讳言白色恐怖令人绝望，唯有文学可以苦中作乐，是当时青年学子的一线生机。《台北人》和《纽约客》系列作品的创作，因此滚滚而来。《树犹如此》缅怀过往，访问记和回忆录中不断陈述遭遇和寄托，白先勇重复的话不少，适可对比眼前他身处的社会。高压政治封闭而内缩，白先勇显然不能释怀，所以对他而言，当前台湾所谓的"乱象"不过是未臻成熟的"民主杂音"。先进地区尚且不免，台湾又何独能例外？

《树犹如此》不谈大江南北，有几篇访谈录却大谈昆曲，由地理表相直捣白先勇所认定的文化深层。对《台北人》有兴趣的读者，难免自此而思及书内的《游园惊梦》。篇中钱夫人恍惚在《牡丹亭》的昆曲中，动荡局势的动地箫鼓换成了舞台上的繁管急弦，我们一不留神便会随着小说中人由台北聚会跌进昔年南京的梨园。诡异的是，时间的切换和时序的跃动，在我看来却是把地理由东方的中国拉向西方的欧洲或美国。这话又从何说起？钱夫人为情恍惚，白先勇固然用中国戏曲文化来暗示，所用的技巧却由几位西方大师借得。这点《树犹如此》言之凿凿，《第六只手指》和《蓦然回首》都讲得没那么明白。

这些大师究属何人？白先勇侃侃而谈，第一个要角恐怕得推爱尔兰小说家乔伊斯。乔氏一手意识流举世推崇，公认是20世纪小说的百家之首。《树犹如此》中，白先勇虽然对后面一点语带保留，《台北人》通书袭自乔伊斯的《都柏林人》却是不争的事实。钱夫人心中时间忽焉在昔，忽焉在今，这种跃动说来又和《都柏林人》（*The Dubliners*）及尔后《尤利西斯》所发扬光大的意识流有关，且不谈《现代文学》一马当先，早已引介了乔伊斯，而《都柏林人》的繁体字译本之首也出自白先勇创办的晨钟出版社。

白先勇的文学艺术还可推及西方现代主义。谈到这一点，我想乔伊斯之外，《树犹如此》透露的讯息另得包括亨利·詹姆斯（Henry James）、艾略特、伍尔夫夫人与福克纳（William Faulkner）诸人。而我觉得意义尤胜的是卡夫卡。就小说应该传达的内容而言，白先勇在《树犹如此》中表现得最为突出的是下面这句话："我希望把人类心灵中无言的痛楚转化成文字。"如此宣言，《纽约客》和《台北人》都是其虚构上的实践，字字写来沉重无比，而其最撼人心绪者无疑是晚出的《孽子》。这部长篇呕心沥血，最可见白先勇同体大悲的佛家精神。我们可以说卡夫卡用《变形记》（*Die Verwandlung*）描摹人心的痛楚，《孽子》则化之为同性恋的各种矛盾，同样字字泣血。

《树犹如此》首篇由白先勇家中一棵柏树写起，目的是交代他和同性挚友王国祥之间长达半世纪的深情厚谊。白先勇写过的抒情文字不少，这篇文章和《第六根手指》一样，都是他至情至性最显之作。我们由此回顾白先勇一生，不难想象他何以关心艾滋病的蔓延，何以让《孽子》成书，甚至可以推及《台北人》和《纽约客》首开风气的种种因由。卡夫卡除了技巧过人，也像乔伊斯注重人性的铺陈。不论师法的是卡氏或乔氏，白先勇都可因为这些西方大师的启迪而将心中沉痛化为大块的文章。这点倒毋庸置疑。

"夫唱妇随"新诠
——评杨绛著《杂忆与杂写》

　　杨绛和钱锺书一向是文坛上的俪影璧人，鸾凤和鸣 60 年，知者称羡。如果您想知道他们鹣鲽何似，有必要吟咏钱氏以号自题的诗集《槐聚诗存》。如果想知道的是他们何以情深若此，那么在钱氏著作之外，您亦应展读杨氏新近结集的《杂忆与杂写》。这本书纵跨三个世代，有杨氏 1949 年以前的小说，有"文革"期间的生活与人物造影，也有 20 世纪八九十年代才出炉的随笔和往事的追忆。"锺书君"虽然着墨有限，杨绛却在只手运转数种文类之际，不落痕迹地把自己的才华叠架到他的文学个性上。

　　首先让我兴此感想的是《杂忆》里挥之不去的钱记幽默。读过《围城》等钱锺书早年说部的人，大多难忘其中"饱学式的喷饭之笔"。杨绛于此虽非照搬照演，《杂忆》中 20 世纪 40 年代所写的几篇小品却大掉书袋，中西合璧，把钱氏风格揣摩得丝丝入扣,发挥得淋漓尽致,造成异乎梁实秋与林语堂的另类效果。20世纪20年代的梁遇春神似形仿,只可惜多了一分伤感。而在这种学者式幽默的推波助澜下,杨绛活现了不少公安竟陵式的小品陈题,把喝茶、读书等寻常人生讲得像在蒙田的法国古堡中一般。

《杂忆与杂写》也收了一些新文艺腔十足的抒情小品。杨绛如果压下了自己的身份,抛开了个人的观点,这些文章通常弄巧成拙,涂抹成朱自清式的《春天》。好在这类败笔鲜见,佳作更多。杨绛纵然退下钱锺书旁征博引的外衣,幽默雅趣的本质仍旧灿然光耀。她在1949年以前不曾以小说名世,《杂忆》中不折不扣却收了两篇半,多数则完成于1949年以前。所谓的"半篇"其实只是《软红尘里》这篇有始无终的长篇的楔子,陈腔滥调充斥其中,但嘉年华会式的狂想曲未演先闻,可想早年已竟之作也相去不远。杨绛以法文"奇想"(Romanesque)为题,写某大学生贼窟艳遇,称不上深刻或卓绝,而且空思妄想已极,但文字布局却好整以暇,以幽默风趣铭刻了某种洋场风情。其次的《小阳春》处理大学教授中年之痒,对象是情窦初开多所仰慕于他的女学生。全篇的人情由教授、学生与教授夫人之间的喜剧性互动层层剥开,直指世态本质,像极了《围城》或《人·兽·鬼》里的类似场景。

钱锺书锋芒逼人,犀利深刻。他的幽默其实是戏谑或谐谑。杨绛的"夫承"就谦冲温厚了许多。这方面我得特别强调

《杂忆与杂写》首辑的忆旧文字。就像《干校六记》所显示的一样,杨绛每逢下乡劳改或思想上的批斗,无不含笑处之,宽容待之,坚忍之至。即使有人暴力相向,就像"文革"期间在清华园戴着右派黑帽之际,她也不愠不怒,一贯"虚心检讨",又有如在壁上观看自己的命运轮转。如此逆来顺受,"处变不惊",当时中国文坛或学界,另一能得其神者是钱锺书。两人珠联璧合,其来有自。

然而生命中也有竟不能低调以对的一刻,杨绛只好效《围城》里的方鸿渐明哲保身。她和清华大学的美籍教授温德(Robert Winter)有过一段师生缘,夫妇俩返校执教期间又曾共事多年,相处融洽。不料到了20世纪50年代,一场肃反运动逼得他们不得不和温德划清界限。偶尔相逢,也不敢闻问。钱氏夫妇一世英名,至此算是狼狈已极,道德有亏自属难免。但是杨绛不为己讳,《杂忆与杂写》里娓娓道来,有时自嘲得徘谐,令人笑得心酸,有时又有如读她悼亡妹杨必,文章中至性感人,也可证明杨绛确有过人的勇气。时局吵扰若是,我们对着文章当然难掩欷歔浩叹。

撇开创作,《杂忆与杂写》中问学的文字更像钱锺书。杨绛和乃夫一样精通数种欧语,也中译了一些英、法与西班牙文的名著,熟稔语言翻译所涉的诠释与语义等文化症结。《失败的经验》一文由选字、造句与成章三方面吐露自己多年翻译"功成"的心得,就是一篇由实务累积而成的理论佳构。正因杨绛有此文字际遇,她乃能见人未见,以发细心思考出明末耶稣会士所著《职方外纪》的音译迷雾与《堂·吉诃德》或文艺复兴时期西班牙文坛之间的渊源。在我的记忆之中,拥有这类功力的前辈学者中,方豪与杨宪益之外,首推钱锺书。《〈堂·吉诃德〉译余琐掇》一文,即如钱著《七缀集》中的类似之作。

我上面频频以杨绛比附钱锺书,或从钱氏旧作解读杨绛,想来难逃"男性沙文主义"之讥,女性主义者更可能反问道:怎么不说"夫以妻贵",是钱锺书充满杨绛的风格?《杂忆》某文提到某年钱锺书奉命写信给钱穆,以便"统战"这位无锡老乡长。后因笔误遭上级退稿。他重写后本拟丢弃,但杨绛及时抢下,妥为收藏。此事属实,杨绛爱夫之才殆无疑问。不仅如此,《杂忆》还特别附录全函,可见她确以钱氏为荣,丝毫不以不栉进士屈居"副座"而有委屈之感。既然连当事人都这么诚恳坦白,我们又何必拿世俗之见去测量他们的神仙眷侣,何况经此评比,《杂忆与杂写》的本质更加澄澈,而我们也可因之揣得他们鹣鲽深情的由来?

再见人文主义的宗匠——评斯坦纳著《斯坦纳回忆录：审视后的生命》①

我初识斯坦纳的著作颇晚。1990 年我人在台北，某天忽然收到业师余国藩教授由美寄来一篇他写的书评，所论正是斯坦纳（George Steiner）前一年发表的《确实无不临在》(Real Presences)。我匆匆读过，印象不深，但返美后在书店看到原著却毫不犹豫就购而携归。我没有马上展卷阅读，而是束诸高阁，直到有一天我看到同为师长的李欧梵教授撰文对斯氏大表佩服，才忽地想到我对斯坦纳似不陌生：许多年前在某译文中，我早已译过一小段《巴别塔之后：语言与翻译问题面面观》(After Babel: Aspects of Language and Translation) 的引文。才想到这点，我飞快就把尘封的《确实无不临在》从书架上请

---

① 原书名为Errata: An Examined Life,台湾繁体字版译名为《勘误表：审视后的生命》。——编者注

下，仔细阅读。读完犹未满足，立即又冲到学校另一端的书店买下《巴别塔之后》，同样漏夜展读。

当时那股冲动，如今回想，大抵因暌违人文主义式的书写已久使然。斯坦纳不是结构主义或精神分析这类"理论家"。对他而言，言之不文何止行之不远，恐怕还要担上一条性灵有阙的罪名。《确实无不临在》一名典出天主教中"确实临在"(real presence) 这个名词，指圣餐礼 (Eucharist) 的面包与红酒皆非象征，也不是隐喻，而是耶稣或天主如假包换的存在。斯坦纳只是弄了个巧，把这个名词改成复数形，使之喻说文学与音乐等创造力所促成的天地。科学或其所内涵的力量，都无法成就这种天地，甚至连心理学也解释不了，唯有人类对自身存亡的认识热忱方可臻至。我们时而甚至得借助某种柏拉图式的超越力量，才可体得上述创造力为何。所以斯坦纳虽不言"神"，所谓"神来之笔"的"神"却"确实无不临在"。这种类宗教式的体会，表明宗教感于斯氏似乎与生俱来。果然，《斯坦纳回忆录》问世后，斯坦纳一再强调自己的犹太背景。他不能自外于多数的犹太人，犹太教就是立身处世，盱衡宇宙的基础。斯坦纳嘲笑弗洛伊德的科学性自欺欺人，调侃解构主义笼统，分析今天理论横行的缘由，认为乃面对科学时，人文学者自我产生的焦虑使然。他的慧见，多少便和自己的信仰有关。

童幼之年，斯坦纳住在法国，家中成员的生身背景复杂，故此从小就讲得一口流利的法、英和德文，而且分不清真正的母语为何。在欧人观点中，这种人几乎天生就是比较文学家。斯坦纳行文也有如在他之前这一行的大师如奥尔巴赫等一样，总由作品片段随口起兴，拉杂就谈。他杂学百家，像美国人形容威尔森（Edmund Wilson）一样下笔不拘一格，不泥一法，而且在行云流水与繁花似锦中，总能超拔乎语言之上，进入任何论题的哲学与理论层次。斯坦纳著作等身，迄今小说创作与文学评论或理论性著作恐怕逼近30种，可称多产。其他不论，如果斯氏迄今仅余《巴别塔之后》传世，我想他的成就也可列入当代文苑。这本书畅论语言的本质，由犹太人特重的《摩西五书》入手解剖，有点像在和同族的另两位现代宗师本雅明与德里达抬杠。本雅明经新康德主义铸成，德里达显然是海德格尔式的怀疑论者，斯坦纳却走回古典，语言思想都沿着德国更正教传人施莱尔马赫（Friedrich Schleiermacher）的路数而行，努力想由诠释学的角度阐释翻译的行为。对他而言，读者乃原作的解释者，而译者亦然，也是在翻译或阅读的过程中解释原作。两者身份既然等同，也就意味着人称"译家"的身份实属多余。这种诠释学观念终于迫使斯坦纳在《巴别塔之后》第五章摊牌，把翻译活动视同理解的过程，而且直陈其中必然包括"信任"、"攻占"、"吸纳"与"补偿"四个进程。我们所以为的稳定意义其实是种假象或假设，要越过这层关卡，译家或读者方可产生理解，而且是"强行"理解，所以斯坦纳采用军事术语"攻占"以隐喻之。唯有如此，语言方能为另外一种文化或语言所"吸纳",而这种行为也不必然纯洁如处子,应该是在既有的语义场中为人"挪为己用"而经过改造了。由于翻译会产生这些"不符原意"的过程,译者的道德感势必顺势出现,逼使自己"努力弥过",终而"拨乱反正",而这种行为斯坦纳无以名之,乃称"补偿"。翻译是不可能的语言活动或现象,但译者意识下蠢动的道德感会把这种"不可能"辩解成为"可能"。

上述观点,斯坦纳不仅在《巴别塔之后》深入说明,也在《斯坦纳回忆录》中摘要重述。从某个观点来看,《斯坦纳回忆录》因此志非"勘误",反而有点"当年勇"的旧事重提的味道。这是坏处。然而我们若换个角度再看,这何尝也不是好处,因为这本书简扼而且恰如其分地将斯氏一生思想汇为一编,精粹尽收其中。弱冠以后,斯坦纳所从皆名师,所入皆名校。师友相互切磋,激荡出他强烈的人文主义精神。我毕业于芝加哥大学,《斯坦纳回忆录》书内提到的芝大——甚至是斯氏继之就读的哈佛与牛津等校——的名师,我多半熟稔其人或所作,而从麦克基恩(Jerome J. MacGann)到泰特(Allen Tate)等60年代前所谓"新亚里士多德学派"的大将,多半也曾是我的师祖辈。精神人格与成就耳闻目睹,我已熟而且烂矣!坦白说,这派人的见解如今多成明日黄花,但继起的学者专家并未让前人专美,斯坦纳本人时而便常重返母校讲学,保罗·利科(Paul Ricoeur)等人也带来一股新潮,而比较文学系的几位大将如我的博士论文指导委员会里的蒋逊（W. R. Johnson）、缪伦（Michael Murrin）与余国藩诸教授也已重新定义了传统所称文学上的"芝加哥学派"。《斯坦纳回忆录》所勘到底无误，斯坦纳时代的芝加哥大学仍然是今天的芝加哥大学。

　　《斯坦纳回忆录》的副题作"审视后的生命"（*An Examined Life*），可见斯坦纳颇有自我批判的记传之意。虽然他常岔开畅谈音乐、文学与其他艺术存有的模式，但毕生毕竟已微缩其中。打一开书，斯坦纳就回顾法国故里，详述自己所受父亲的影响，继而又侧面描写举家如何在第二次世界大战时移民美国，然后再谈战后重回欧洲任教，终使自己成为自己最喜欢讽弄的文学理论的一代宗师。斯坦纳的教育特别，迭经西方古典文学的陶冶、古典音乐的蒸熏和古典语言学的养成，因此形塑而出的作家、学者与思想家的形象，便绝对不同于结构主义的主帅或解构思潮的悍将，当然也有别于詹明信（Frederic Jameson）、伊格尔顿（Terry Eagleton）等新马宗匠或岑巴（Homi K. Bhabha）及斯皮瓦克（Gayatri Chakravorty Spivak）等后殖民大师。斯坦纳所代表的是那种文艺复兴以来维系欧洲于不坠的贵族文化：即使摆明了写的是自传，斯坦纳也不愿放弃宣扬自己的人文信仰。生命是什么？《斯坦纳回忆录》所显示者似乎是知识的积淀与组成心灵的巧思，甚或是两者共流的历史。

　　《斯坦纳回忆录》终于有了中译本，译者李根芳教授是我在台湾师范大学翻译研究所的同事。她研究斯坦纳多年，动手迻译《斯坦纳回忆录》也非朝夕之思，而是浸假日久自然而为。斯坦纳下笔高雅，欧美理论家每有不及，根芳的笔底春秋同样教人激赏，落落大方而又细致从容。自翻译之为艺术的角度看，我想也唯有她才能在中文世界里传扬斯坦纳"继起的生命"（after life）。如今《斯坦纳回忆录》既成，下一步，我想根芳或许可以考虑中译《巴别塔之后：语言与翻译问题面面观》了。

重绘美国文学地图
——谈莫里森著《在黑暗中游戏》

　　如果世上真有所谓使命型作家的话，则 1993 年诺贝尔文学奖得主托尼·莫里森（Toni Morrison）当之无愧。她曾在受访时感叹作家难为："我只有 26 个字母可用，我既无颜料亦无音乐，但我得运巧笔让读者看得到颜色，也听得到声音。"身为非裔美人，莫里森所谓的"颜色"和"声音"意指"肤色"和"呼声"，乃意味着她以族群代言人自居，志在扭转非裔或黑人文学的边陲地位。

　　这一点常人知之甚稔，但是孰令致之？答案过去仅存在莫里森的小说和访谈片段里，完整的理论与批评性陈述得俟诸所著《在黑暗中游戏》（*Playing in the Dark*）一书。莫氏此书开头指出，她的文学教育背景和一般白人无异，自幼接触的无非也是荷马以降的西方宗匠。但是在立志写作之初，她发觉身为作家的阅读经验迥异于纯读者的时代，自己竟然不知一向所处乃"异样"的知识系统。美国无疑是莫里森的国家，不过文学史虽可见欧裔各命运体的代表作，独独不见非裔任何雪泥鸿爪。黑人自非美国的多数民族，却是少数里一枝独秀的多数，殖民时代以迄建国初期更是国家经济的劳力源头，贡献不在白人之下，怎能令其在青史留白？

大惑不解之余，莫里森投入创作，以身作则致力建构非裔典律，另一方面则从黑人的隐无反覆思索白人的写作性格，质疑过往所谓"美国文学"的合法性，此所以《在黑暗中游戏》的副题作"白人质素与文学想象"（*Whiteness and the Literary Imagination*）。莫里森检讨了爱伦·坡（Edgar Allen Poe）、凯瑟（Willa Cather）乃至海明威（Ernest Hemingway）等人的作品，确定欧洲中心论主导一切，不仅是白种男性的教育基盘，由此孳乳的文化霸权与意识形态也渗入批评主流，排斥一切非我的他族，终于罔顾了参与缔建美利坚的非裔人口。继之而来的民权运动虽然促成政治变革，大众却自此讳言种族问题，学术建制愈形回避非裔创作，造成教育上的恶性循环。面对这种尴尬，莫里森最后愤然问道：以往的白人批评家中，到底有多少人读过黑人文学？

今天美国的高等学府中，非裔研究当然不乏见，然而莫里森的话仍有事实根据，盖主其事者多半仍然来自非裔，参与的白人学者或学生寥若晨星，形成自弹自唱的学术劣局。

白人学者和批评家既不足恃，那么作家呢？他们并非不写非裔，像福克纳的《喧哗与骚动》或马克·吐温的《哈克贝利·费恩历险记》都有"戏份"不轻的黑人，问题是狄尔西（Dilsey）和吉姆皆属权力边陲，文化附属，乃白人借奴隶哲学以突显奴隶主的工具，哪能平衡黑人的历史际遇？是以莫里森认为他们的刻画"有等于无"。等而下之的其他著作里，非裔就像——套一句莫氏自己的话——"邪恶的中国佬"，早已定型，而且是暴力，是愚蠢，是色欲，是奴性，是慵懒的象征。再其次的小说干脆以黑人英语作为策略，传递偏见。莫里森本人乃文字高手，对此感触尤深。她看惯了语意政治，深知黑人英语在白色小说中意味着距离，是粗鲁不文，是阶级，是异化的代名词。而这些现象在在透露：白人作家心目中的读者仍然是白人，即使像《汤姆叔叔的小屋》（Uncle Tom's Cabin）如此主题鲜明的小说也不是写给"汤姆叔叔"看的。

美国常自诩是世上唯一拥有梦的国家，然而这点《在黑暗中游戏》照样泼了一把冷水：往昔的非裔非但无权分享"美国之梦"，其历史苦难还有一大半还缘此而来。此话怎说？莫里森分析道：白人为了避秦而移居新大陆，固然养成进取精神，但也造成重实际与重物质的倾向，所以一旦取得漂洋过海所拟追求的人权，也就不轻易放弃奴隶主的特权，更不消说他们借奴隶以换取经济自由即是一大讽刺。美国文学几可谓美国之梦的产品，有意无意间皆含摄了实现梦想所需的自主性与权威心态，由此更派生了个人主义与英雄作风，进而讲究领导统御，以凌驾在他人之上为荣。非裔最早随奴隶主"移居"新大陆，自然首当其冲，变成白人意识形态暴力的祭品。

对此历史情景，莫里森还有一套看似诡论的深入之见。她调和萨义德的观念，把美国之梦所扭曲的非裔性格冠上"非洲主义"（Africanism）之名，使之成为欧洲或白人中心论的后续成见，集蛮性与奴性于一体，然后以嘲谑的双关口吻指出：若无此一非洲主义，历史上的白人哪得"在黑暗中游戏"，美国之梦哪能熠熠生辉，而美国文学又怎能发光发亮？

职是之故，非裔的存在可称白人文学勃兴的主因之一，批评界应加重视而非打压，何况史实不可能消解漠视。莫里森还有妙喻一："在黑人的手指头淋上修辞的盐酸或可销毁指纹，不过手仍存在。"白人就算要关起门来孤芳自赏，也不该一抡起笔就把自家兄弟"他化"（othering）了。

从人类展开洲际活动以来，黑人就为全人类担负"有色人种"的道德压力。白种优越论吹遍全球之际，他们受害最深。美国非裔处在对比明显的社会里，对历史定命尤有体会。不过莫里森既能在白人偏见里展露苦涩的笑脸，可想她宁可以积极的态度总结过去，策划将来。对她而言，非裔的历史悲剧不止是文学的大好素材，其中隐含的人性共相更是血淋淋的生命教训，早该跃居文学百川的主流。即使是教养所他化的黑人英语也不该是疏离的指标，而应是可挪为现代意识之用的成熟文媒。乐观一点再说，美国乃民族熔炉，非裔的存在适可丰富过去狭隘的"美国文学"观，使之变成名副其实的多元化国家文学。

《在黑暗中游戏》取自 1990 年莫里森在哈佛大学所发表的三场演讲，部分内容则源自此前她在普林斯顿大学和学生的对话，书中故而充满学院式的后殖民语汇。不过莫里森的初衷可能仿效自爱默生。1837 年，爱默生在哈佛发表了一场演讲，题为《美国学者》（*The American Scholar*）。爱氏呼吁道：美国人应该摆脱欧洲情结，走出英国阴影，自创文化品牌。《在黑暗中游戏》两度提及爱氏此一"独立宣言"，可知莫里森急于改写历史，为非裔重绘美国文学的地图。而她由往日非裔的文学隐无出发对白色意识形态所下的针砭，同时也使她在小说之外另辟蹊径，正式登堂成为艾略特和劳伦斯的大传统里的一员。如果书籍的销路和金钱亦可视为某种价值指标，《在黑暗中游戏》无疑更胜爱、劳二氏的批评论述，因为去年哈佛大学梓行本书时，一版便销出十万册，而其平装本在 1993 年夏秋之交由好年冬（Vintage）出版社推出不久，斯德哥尔摩便传来莫里森获颁诺贝尔"奖金"的消息。

挥别百年的孤寂
——评麦格拉斯编《20世纪的书：百年来的作家、观念及文学》

查尔斯·麦格拉斯（Charles McGrath) 也真客气：在我看来，他所主编的这本《20世纪的书：百年来的作家、观念及文学》（*Books of the Century: A Hundred Years of Authors, Ideas, and Literature from The New York Times*）堪称近年来最重要的评论文集之一，而他竟然说自己和同僚辛勤所得仅仅是"一本终究遭人遗忘的书"。百年来，《纽约时报》评介过数以千万计的各类著作，《20世纪的书》正是这千万篇书评——尤其是文学类——的精选集，细数过的风流人物何止这个数目，是以代表性十足，活脱就是一部胚形粗具的近代美国和部分西方的文学史。然而麦格拉斯不仅否认后一意义，似乎连所收书评或作家访问记的永恒性也大表怀疑，令人泄气。

"书评"在中国文化里并不缺乏，"读书笔记"、"贩书偶得"一类的著作早已蔚为传统。不过今天中文世界里各大专刊每周、每月推出的新书评介,我想基本的形式观念还是源自西方,尤其是出自像《纽约时报书评》这一类的百年老店。文学形式就像服饰会演化,所以书评家舍叶德辉而就威尔森其实不应以民粹主义诟之,否则我们怎么接受《家变》或《台北人》这一类的"新"小说?话说回来,在美利坚尤甚于在台湾,除非是威尔森或奥登(W. H. Auden)等大师级人物,一般书评家其实寂寞得很。媒体本身热闹滚滚,可是一篇书评刊出之后,主体就由"评"转为"书",不要说书评飘零字纸篓,就连读者记得作家的可能性也会远高于撰评者。人都是争名趋利,书评家面对此情此景焉能不寂寞?何况专刊作者应邀撰评,来去间犹如流水席,编者读者其实也多以消息发布者看待,只要稍具主体意识,我想要他们不感慨也难。

然而话再说回来,书评和其他文类的不同正在其服务读者的天职,不能和散文小说的独立性格等量而观。如果书评家认得清书评的这种本质,如果他们挣得开名利的枷锁,下笔但以读者为念,我想麦格拉斯就不会有寂寞之感。如果又以历史的宏观为职志,那么书评家有时犹胜蛋头学者一筹,因为他们月旦所得倘能不偏倚,其实是对所评著作最为坦白的建言,和时代的互动也最深,正所谓"学术"之所重,亦"历史"之所倚。书评家再若目光如炬,慧眼天成,所成就的评文恐怕更具意义。小者提携后进,大者总缩风流,突显时代的氛围,不一而足。

王文兴和白先勇的意识流都受到乔伊斯的影响。上面既然提到《家变》和《台北人》，我们不妨拿《20 世纪的书》中所收《尤利西斯》的书评为例说明。这篇评文写于 1922 年，是时乔伊斯犹身列美国禁书黑名单，然而书评译成中文后虽不足两千字，作者写来却是掷地有声。开篇他坦承《尤利西斯》读来可能令人"茫然及厌恶"，但是接下去就读出乔伊斯的神髓，指陈他挞伐体制和传统在在师出有名："他要的是嘲讽古典散文及通俗俚语"，目的在"颠覆文学的神圣"。而文风一经表过，这篇书评继之以叙述间架，一眼就窥破乔伊斯对"无意识心灵层次"的兴趣，也看出小说念兹在兹的乃是个"道德怪物"，把自己扭曲到卑微而悲悯的地步。后英语学界对乔伊斯的主要看法，这篇书评几乎一语道尽。用"目光如炬"和"慧眼天成"来形容这位书评家，恐怕还有所不足。

那么这位书评家的来头必然不小？非也，《纽约时报》所请的不但不是文学科班出身，而且是名不见经传的一位叫做约瑟夫·柯林斯（Joseph Collins）的医生。说实在的，这位医生的洞察力敏锐若此，读罢评文之后，我佩服的倒不一定是乔伊斯。如果柯林斯传世的类似书评多几篇，我想批评史上谁还能忽视他和他所代表的文类？

麦格拉斯编选的标准有二。一是书评的影响力，柯林斯所论《尤利西斯》若符合节。二是"文笔自成一格，趣味洋溢，值得再读"。这是文体问题，朱孟勋等人的译笔虽在水准之间，但也难以说明英文原文可能臻至的境界。尽管如此，"名气"倘可作为信用的指标，则《20世纪的书》确实涵括不少斗方名士和文章魁首。打开几页，进入眼帘的赫然是评论泰斗凯辛（Alfred Kazin）与修勒（Mark Schorer）。作家中我们也看到斯宾德（Stephen Spender）、威尔第，甚至是如今还活跃在文坛上的小说巨擘厄普代克（John Updike）等。我觉得应特别一提而译文也略可窥知的是，麦格拉斯所信仰的"文体"并非以尖酸刻薄为能事，反而以雍容其文为气度所系。这倒难得，因为书评家飞钳弄丸成习，早已无"讽"不成"评"，而这也变成他们和读者沟通最简便也是最懒的法门。何其不幸！想当年拜伦推出处女诗集，《爱丁堡评论》（Edinburgh Review）恶意抹黑，硬把个这跛足天才气得咬牙切齿，而这又所为何来？倘非拜伦了得，否则梁子一结，先蒙其害的可能是后代的读者。

我们从译本里另外看得出来的是：不论是学界或文坛缴交出来的成果，《20世纪的书》里的书评多数皆具可读性，一面在缜密中不失通俗，一面是通俗而无媚俗之虞。"缜密"系学者的长处，修勒提笔，莫非如此。"通俗"却是一般作家可以着力的地方。然而从斯宾德到厄普代克，我们不用担心他们会故作下流，取媚当世。斯宾德说理，厄普代克从容，笔端所至反能开导读者，提升品位。《20世纪的书》多数书评就是如此在通俗中兼擅缜密，那种气势不一定以敦厚为尚，但严肃中自有亲切，即之也温，我相信永远会是文学批评的典范，即使21

世纪的人类世代跳出了第 26 个字母也一样。

　　上面的拙见如果言之成理，那么麦格拉斯所编的这本《20世纪的书》当可作文学评论的启示录读，也应该是懵懂小姐和启蒙先生谈情说爱的所在。此外——而我认为这点也是本书最重要的启示——《20世纪的书》同时更在昭告书评家挥别百年孤寂的开始。书评不同于枯燥乏味的学术论文，在咀嚼与反哺之间，书评家必须有其分寸。那种拿捏之不易，人所共知，可一旦功成篇就，其实已经是创作的行为，特别是在开创一种"存在已久"的"新"文类。学术论文可以助人晋升拿学位，但是写书评——用泰然的气度与敏锐的观察力来写——不仅利己利人，还可以为传统文类再辟一新的知识领域，供人琢磨。好处多至于此，真的，麦格拉斯犯不着那么客气。

古今多少事，都付笑谈中
——评史景迁著《天安门：中国的知识分子与革命》

　　谈史景迁（Jonathan Spence），我们不能不谈他一手漂亮的英文，也不能略过他讲故事的历史撰述技巧。谈《天安门：中国的知识分子与革命》（*The Gate of Heavenly Peace: The Chinese and Their Revolution, 1895—1980*）的中译本，我们固可略过上述撰述技巧不谈，却不能忽视繁体字版译者温洽溢一手流畅典雅的中文，尤得对他钩稽引文原典的耐心三致其意。温洽溢不是不会误解原文，译笔也并非无懈可击，可是毕竟瑕不掩瑜，深得《天安门》原文的精髓。史景迁得以在中文世界重生，温洽溢的贡献不可磨灭。

　　史景迁的另著《改变中国》以影响中国的洋人为研究对象，《天安门》则不同，所述乃中国本身的知识分子和国史间鱼水一体的关系，尤重所谓"革命"这个历史概念与现象。近代史就近在咫尺，但史景迁的处理可能跌破史家的眼镜。他以康有为与梁启超为经，以丁玲为纬，串联了至少十来位活跃于政治舞台上的近人，为历史织就一张严密的网罟。史景迁自述他选三人以经纬全书并非出诸史识的考量，而是为方便叙述而设。是的，纯就后者而言，《天安门》和《改变中国》或其他史氏名著一样，令人读来都不忍释手。淘洗历史，史景迁尽付笑谈中。不过也是因为这一点，我觉得《天安门》犹有可议处。

史景迁所称的"革命"，最后导向 1949 年天安门上毛泽东宣布中华人民共和国成立，尽管辛亥革命史氏也不敢略过。果然如此，则不论如何开脱，康、梁上场都名不副实。变法维新既非革命，也难以摇撼后来的政治与文化巨变。清末民初有如明末清初，乃战国以还中国难得一见的思想鸣放时期。不过以政治变动而言，徐志摩、林徽因和陆小曼的三角关系就算扯上了个梁启超，充其量也只是时代的插曲。我觉得史景迁与其费辞在这种文化花边上，与其借此而申论革命的进程，还不如多谈胡适当年如何提携毛泽东，使后者得以在北大图书馆深入马列的著作。可惜《天安门》只引出北大图书馆馆长李大钊，文学与文化革命的旗手胡适只得在一旁喘息。《天安门》的书写重点另又包括中国诺拉的命运，《天安门》仍然却只记得质疑诺拉的鲁迅，那把诺拉与易卜生请到中国的胡适早又边缘化得有如从历史缺席了。书写至此，我不得不说商业主义击垮了史景迁的春秋史笔。

历史确如一张陈年网罟，错综复杂，在中国近代的程度尤胜往昔。史景迁所见者浪漫无比，而从梁启超到毛泽东诸人，浪漫情怀确实远胜托古改制等复辟思潮。这些人物风流，但以史景迁重构的丁玲最能窥见历史真章。她看过国民革命，也遍阅中国共产党的崛起及其尾随的动荡。丁玲偶尔发发不平之鸣，多数时候却仰呈上意。我们不能苛责丁玲，中国的近代史就是颠倒若此。要活命全身，人间哪得盖世英雌？就这方面而言，《天安门》写得尤其成功。浪沙淘尽，裸露而出的知识人物个个载负革命共业，而历史的两岸虽然猿啼不止，史景迁与温洽溢轻舟一摆，我们但见重山已过。

姑妄信之，姑妄言之
——评艾柯著《悠游小说林》

查尔斯·诺顿（Charles Norton）多才多艺，曾创办《北美评论》和《国家》杂志，又曾英译但丁的《神曲》，19世纪末叶还荣膺哈佛大学艺术史教授。去世以后，"诺顿讲座"以他为名设立，积极延揽各方名家驻校，20世纪意大利最杰出的小说家卡尔维诺和安贝托·艾柯（Emberto Echo）即曾雀屏中选，在哈佛发表系列演讲。卡氏讲辞结集成《未来千年文学备忘录》，艾柯在20世纪90年代初所作的六讲则中译题为《悠游小说林》（*Six Walks in the Fictional Woods*）。

诺顿邀艾柯主讲，真是相得益彰。两人都是学者型作家或是作家型学者，艾柯在两者间的声誉更隆。他本来以符号学和语义学名世，《悠游小说林》一出，地位又足以和托德罗夫（Tzvetzn Todorov）或简奈特（Gérard Genette）相比，变成叙事学名家。艾柯在创作上的看家本领是小说，《悠游小说林》

147

颇似一本用小说笔法写下来的理论著作。博尔赫斯（Jorge Luis Borges）把叙事文本隐喻为一座森林，艾柯将计就计，就在林莽和岔路间为读者寻找小说的技巧之钥，在岩壁间扣访阅读上的入门砖块。艾柯腹笥便便，古今名家无不探窗来助。烟霞堆叠，一一化为锦心绣口，而书中最让人得益的是艾柯对作者和读者身份的讨论。

读者是小说的灵魂，或者说根本就是故事的一环。所谓情节的进展，其实是作者不断和读者在文本中对话所致，是以当中有其牌理，不可能向壁虚构。艾柯分读者为典型与经验两种。后者从个人际遇理解小说，自生命各面挖掘意义，文本故而变成他们的传记，是移情后的聚宝之盆。前者则忘却自己，步趋之际完全以文本为依归，是作者下笔前就已设定的合作对象，所以是叙述者最忠实的听众。叙述者当然不必是作者，但是会随作者的经验以"典型作者"的伪装现身。他的策略如果高明，经验读者往往得抛却经验，随着他的声音起伏，进而转成"典型读者"。

叙述文本既然有如一座森林，蓁莽和溪壑间当然不止读者和作者，林茵之际，可想其他重要的叙述议题还有不少。艾柯所论，次则以真实与虚构为要。小说是假，我们读时是要信以为真，还是保持一份距离上的清醒？这个问题也可以换个方向，由叙述者的观点决定实笔与虚笔掺杂的程度，而这就牵涉到文本的后设性格。艾柯反应灵敏，《悠游小说林》在反手间抛给我们的是一个值得深思的问题：小说既然可以姑妄信之，那么所谓真实世界是否也可以姑妄言之，用阅读小说的方法加以观察，甚至生活？

　　这个问题由王尔德（Oscar Wilde）答来，则生命模仿作品乃天经地义。但是艾柯深入几许。对他来讲，境由心生，作家固可造境，读者也有释境之权。境又因心而转，所以意义的决定甚至唯读者是问，而真实与虚构的界线就该抹除。由此看来，《悠游小说林》所悠游者还不止是座叙述之林，甚至也包括文本情命所系的生命文本。不论是虚构或是现实世界，艾柯必然会说你我当然是读者，也是作者本人。

语言·比较文学·文体
——评萨义德著《文化与帝国主义》

　　1985 年，萨义德应邀访问中东某大学，目的在为该校英文系提供课程改进的建言。就在此行前 7 年，他的《东方主义》出版，露出一手缜密但澄明无比的英文，滔滔不绝写下西方人的东方偏见。数年后《乡关何处》再度问世，他略改文体策略，仍以朴实而不失文采的英文缕述他和巴勒斯坦间似解还结的关系。然而 1985 年这趟波斯湾之旅，萨义德却发觉英文在阿拉伯老家已日益衰败，几乎变成不带美学色彩的"技术语言"。观澜索源，萨义德说英文堕落和本身变成国际语言关系密切。振叶寻根，他又发现这居然源自 19 世纪英国的帝国主义。

　　1985 年这件往事的追忆，我曾在某文中特地强调，因为继《东方主义》和《乡关何处》之后，萨义德的《文化与帝国主义》亦经中译，而波斯湾之旅赫然详载其中。萨氏所谓"国际语言"和"帝国主义",在某种意义上确为英文蜕化变质的主因,因为帝国主义带来商业文化,而"国际语言"强调统一性。为求方便与实效,世人再也顾不得古来语言和美学的互动,个性是可泯则泯。只可惜就如德里达(Jaques Derrida)的名文《巴别塔》(*Des Tours de Babel*)所言,在这种求其一统的状态中,某种"殖民暴力"业经闯入,帝国的语言反遭帝国主义所害。

萨义德对英文或近世文化的解释,从《文化与帝国主义》看来,至少部分便建立在帝国主义追求一统的心态上。这本书的论述体系不如《东方主义》严整,但架构之大则远胜之,而批评见解又犀利深刻,早有后来居上的态势。大致说来,书中萨义德的文化焦点仍然是文学,不过他反对新批评以来单就文本内缘而发的析论方法,认为学者的观察应该扩及作品和历史世界的联系,由世间性透视艺术性。这种思想左翼而有点卢卡奇(Lukács György)的味道,深耕所得正是文学和帝国扩张之间的共犯结构,以及文化亚流在这个结构下的生存之道。萨义德检视简·奥斯丁(Jane Austin)的小说或威尔第(Eudora Welty)的歌剧,无不循此出发,我们也可借以反省西洋史诗或骑士传奇,甚至是中国汉赋或古来边塞诗一类的作品。后者意识形态显然,对长城北移西拓每具砥砺作用,可见礼仪之邦也常存暴力刻痕。萨义德的方法论要说的是:政治似乎不是历史所以为的文学的领导者,本自反而常因文学而生变化。

帝国主义的成因有多种，有为国防而不得不然者，有为意识形态而强人所难者，也有为领土而陷人邦城者，而最常见的乃是那为经济利益而集结扩张者。今天跨国企业蚕食鲸吞，和后面一类的帝国主义其实一脉相承，系其丢盔弃甲后的商业变种。倘自幽微处而论，则即使在加缪身上，萨义德也观察到某种隐形的帝国作风，可以让人为荣耀家国与意识形态而烧杀掳掠，甚至假人道之名而再行集结侵略的力量。跨国企业是变形的武力，加缪式的帝国主义则以自我为中心，影响力轻则形成文化优越论，重则在白人负担的心理下高度排他，造成暴力威胁。由其已然再观所以，则萨义德会指出变种帝国主义所讲求者，无非又是殖民意识的政经复辟，是某种统一性的再度挂帅。

统一性确实是萨义德笔下帝国主义的意识核心。他锐眼所及，甚至包括学术扩张，而最得我心者，是所见人类学和比较文学的帝国主义性格。人类学往往是殖民的先声或结果，早年列维·施特劳斯曾经约略触及，而"比较文学"的问题，世人的警觉心就低多了。英文中这个名词可能得自法文，是阿诺德在 19 世纪所造，本意在扩大文学研究的视角，让国家文学得一异质性的参照。不过比较文学后来在西方的发展，得力于歌德"世界文学"的观念者恐怕更多。目的即使不在共同诗学，也是为了文学大同而发。歌德的理想，带有稍前或同时的维柯和赫德的影子，而两人所重也都是统一性。比较文学的主流虽为古典与现代，或各个民族国家彼此之间的渊源，听来似乎和欧美以外的世界无涉，但实情正好相反。在欧洲中心论主宰之下，比较文学向来不易调和外来的亚流，而且好用人类学的态度"统一"文学上的他者，所以歌德和阿诺德所梦想的学术伊甸园罕能跨越半球，超越肤色。西方比较文学的泰斗，《文化与帝国主义》举以为例者包括奥尔巴赫（Eric Auerbach）和柯蒂斯，然而《摹仿论》（*Mimesis*）等书所述虽具统一性，却非普世性，而且范围狭隘到连美洲都不见。这座伊甸园住的都是白种人，而这就容易形成文化优越感和文学负担论，又和帝国主义同床共枕了。

文前谈萨义德的方法论，我故意一提汉赋和边塞诗。我们读来如果有唐突之感，那表示学术意识可能早经奥尔巴赫等人渗透了，也就是我们仍然把西方摆中心，自居文化的边陲。人类学通常以未开化的部落或已开发的异己为研究对象，比较文学所树立的典范则排挤或异己化了中、印等文明，致令我们观欧人而不能思自己，也证明在无形的心理和有形的学术上，这些学门其实已具实质上的帝国主义效应，几乎征服了我们的学术主体性。萨义德忧心，这一切正是他忧心的所在。

中心论和统一性互成因果，在文化帝国主义的论述里其实是表里。从《东方主义》到《文化与帝国主义》，两者也都是萨义德的关怀。我想由此返回开头所谈语言的问题，因为眼前这篇拙评系以《文化与帝国主义》的中译本为主，而翻译事涉语言，明显不过。如果有人问我本书繁体字版译者蔡源林的译笔如何，我想和《东方主义》一样，我歉难恭维。字意之信虽然是翻译的基础，但是兜拢起来，未必保证译作的文体也能忠实于原作。本书的问题在语句常受原文的羁绊，直译的情形比比皆是，几乎视英文修辞为中文书写的中心。用萨义德的话说，中文在本书中似乎已沦为"技术语言"，文采不谈，萨氏行文的澄明多半也难得。倘从德里达《巴别塔》的观念再看，则本书译体非但离"殖民暴力"不远，而且也有向大一统的"语言帝国主义"臣服的味道。

唯有"隐"者留其名
——评法朗士著《隐士：透视孤独》

　　李白《将进酒》的名句，我在本文文题中改得颇为矛盾。既云不如归去，不管是大隐于市或小隐于田园，隐者所求者不外乎息交绝游，与世隔绝，何况乎"名"？拙题似嫌凿枘。不过放在时间的长河中看，凡属隐者，而且当真以遁世为念者，其实多数并不寂寞。他们当时或许不易访见，名垂丹青却几乎可以料得。法朗士（Peter France）这本《隐士：透视孤独》（*Hermits: The Insights of Solitude*）中的"隐士"因此多有"来头"，退隐林泉之后，个个在史册上当然也有"去处"。我取巧命题，其实情景浃洽。

　　康科德（Concord）三杰中有梭罗（Henry David Thoreau）其人，可以为例。在1845年3月他退隐于瓦尔登（Walden）湖畔之前，世人大多昧于这号人物。梭罗志之所在在远离社会，犹为哈佛学生时就已心萌此念。毕业后他卜居于湖畔林间，取星月为友，邀松桦为朋，生活得可谓得其所哉。然而梭罗并非凡俗，世态常情我们逆来顺受，他以"隐士"自居，却是不平则鸣。《瓦尔登湖》（*Walden or the Life in the Woods*）尚未刊就前，梭罗就曾因拒绝缴税而杠上有司。阮籍狂放，"礼岂为我辈而设？"梭罗傲世，可能追着说："隐士绝世，法律岂能匡我于世俗？"他不求名，但在官方至少有谤名。《瓦尔登湖》刊就后青史流传，百余年来引梭罗为知己者不知凡几，而全书俨然也已经是美国文学的经典。既然位列风雅的太庙，梭罗这位"隐士"还能"隐姓埋名"吗？他早先如果走入社会，我倒觉得世人反而可能忘了他。梭罗之隐，欲隐还迎。法朗士所讨论过的隐士中，这类人不少。但是真以隐居为念者数目更多，而且过的都是隐而不"逸"的生活。此辈中人的代表自是所谓的"沙漠圣父群"。他们"隐"于北非瀚海，崛起于3 至 5 世纪左右，对后世天主教世界的影响甚大。用中文"隐"字形容他们，其实不妥。他们乃苦修僧，弃俗绝世，为的是方便宗教上的冥思默想，以便抗拒浮华世界的诱惑。他们心向"孤独"，然而体会愈深，内心往往益加充实，因为像圣安东尼（St. Anthony）等圣父表率，在精神上早已和天主结为一体。不过也正因如此，信徒对他们每有所求，尤常以处世智慧相期。如此一来，不求闻达于世的沙漠圣父反而常知名于世。修持高手，生前多半暴得大名，就算默默无闻，身后名也跑不掉。圣杰罗姆（St. Jerome）等人陆续编纂的《沙漠圣父传》

（*Vitae patrum*）皇皇十余册，后世教中所谓"圣人"（saints），
传中人往往就是典型，而天主教的灵修一派，他们也是滥觞。
修行不易，沙漠圣父当然有人把持不住，以致前功尽弃。"色"
字当头，威胁更大，薄伽丘（Giovanni Boccaccio）的《十日
谈》（*The Decameron*）常加演义，引为笑谈。修行者也得戒
"名"，而所谓的"名"不仅指俗名，连"殉道者"或"圣人"
之名也要勘破。艾略特（T. S. Eliot）的名剧《大教堂谋杀案》
（*Murder in the Cathedral*）便引后一戒律为题，讽刺地反令贝
克特的托马斯（Thomas à Becket）在 20 世纪的舞台上暴得大
名。沙漠圣父若分了心，动了念，结果常是由圣堕俗。情色以
外，所谓心念也包括"欲"的种种极端，例如好为人师，又如
自虐多言等等，而首当其冲者——再强调一次——自非"名的
诱惑"莫属。

法朗士在这方面的观察大致不错，然而《隐士》中写得最
弱的却也是《沙漠圣父》这一章。法朗士确实从拉丁本《沙漠
圣父传》或其英译的节缩本截精取华，希望说明历代圣父行实
的特色，可惜他好以摘录代论述，探讨上深刻的程度自然就有
限。这些"圣父"由平信徒蜕变而来，比起圣奥古斯丁（St.
Augustine of Hippo）等系属博学鸿儒的"古教父"不啻霄壤。
但是就本笃派而言，圣父也不能假直观为名便束书不观，是
以所体会的"孤独"乃智慧双修，学问上更是古今一体。《隐
士》中的摘引收之桑榆是没错，但在深度与广度上显然失之东

隅了。

　　法朗士写来最有见地之处，我觉得还是《隐士》开书第一章。他剖析希腊人的入世倾向，从"人"和"城邦"之间的关系分析"政治"一词的词源，显示孤独遁世在苏格拉底之前未必是西方价值上的美德。不过苏氏虽然好在人前高谈阔论，本人却也直指群体有其盲从的性格。这个看法石破天惊，颠覆了文化史历来的传统，直接促成希腊犬儒学派的兴起。一时之间，所谓"独立思考"反成美事，而后世西人正面与非宗教性的"隐士观"就此植下。所谓成也萧何，败也萧何，"隐士"思想在希腊的生灭几乎就是证明。苏格拉底当然不是任何定义下的隐士，然而他的弟子或再传弟子中却不乏弃圣绝智之徒。像第欧根尼（Diogenes of Sinope）一类有隐逸之思的犬儒学者，个个不但"大有来头"，而且早已"名垂史册"。这样看来，李白《将进酒》的音我还是谐得有理：自古以来，"唯有'隐'者留其名"！

和永恒拔河
——从布鲁姆著《西方正典》看西方经典

　　20 世纪 80 年代以来，"经典"一直是知识界高度关切的问题，焦点多半集中在传统认知的正当性上。以往我们众议佥同的文学伟构，在性别与民族论述的双重检视下，如今已饱受质疑。于是莎士比亚可能步下英国文学的圣坛，而荷马确实也让新时代的柏拉图逐出了理想国。总之，新一代的文学推手认定从《圣经·旧约》到聂鲁达（Pablo Neruda）的西方经典的大传统反映的不过是"白种欧洲男性中心论"而已，乃政治与教育体制有意酿成的文化偏见。

　　有鉴于这类论断强悍无比，美国学者布鲁姆（Harold Bloom）在 20 世纪 90 年代中期再难忍受，终于推出《西方正典》（*The Western Canon*）一书，为传统所认可的多数经典辩护。布鲁姆的基本论点是自己早年衍发的"影响的焦虑"，认为文学史的变迁系美学上的优胜劣败所致。正典或经典的系谱，他不以为全然受制于政治或意识形态。西方传统留传下来的价值，才是宰制一切的力量。后面一点，布鲁姆坚持有加，乃以莎士比亚为核心，为西方经典的地图大翻其案。妙的是《西方正典》推出以来，非议布鲁姆之说者虽不乏其人，但高举双手附议者也不多见，让人颇兴廉颇老矣之叹。正典果然重新洗牌，而西方如今当真也没有经典了吗？

答案当然不尽然悲观，不过布鲁姆的经典系统需要检讨，我看也是事实。这套系统不缺莎士比亚。他的主要剧作和但丁的《神曲》一样，早已经人公认是世俗经典的领军者，也是一切伟构的试金石。布鲁姆另从宗教出发，将《摩西五书》判为这个传统的经典之首。窥诸影响，布鲁姆的世俗与宗教之见我都能接受。但是他的系统中独缺希腊罗马一脉，就令人大惑不解。希腊人有其教育理想，布鲁姆的荷马之见似乎却仅限于赫赫武功，有过分简化之嫌。他论《摩西五书》，面对经中那位善变善妒的神，把"人"在这个宗教传统中的地位说得入木三分，我们难以想象怎会略过几乎同时的《伊利亚特》？布鲁姆畅谈莎士比亚，所津津乐道者又不出"普遍性"这类批评上的价值，但我同样难以想象他怎会移除奥德修斯"返乡"这凡人恒存的渴望，三言两语就让《奥德赛》见弃于西方正典之外？

罗马人这方面，布鲁姆或可略过西塞罗（Cicero）与塞涅卡（Seneca），然而排除维吉尔（Virgil）的《埃涅阿斯纪》（*The Aeneid*）和奥维德（Ovid）的《变形记》（*The*

Metamorphosis），我看也犯了过分轻视基督教的弊病。维吉尔是弥尔顿（John Milton）《失乐园》（*Paradise Lost*）的先驱，奥维德不也是西方知识的古典源头之一？就美学而言，中世纪以还，维吉尔的诗风盛极一时；就时间的考验再言，奥维德的故事也风行了1500年以上。他们的影响力下逮乔叟（Geoffrey Chaucer）的《坎特伯雷故事集》（*Canterbury Tales*），正是西方上古与中世纪的接榫，也是我们走进英国或整个西方文艺复兴前必须留意的作家，焉能不读？

经典作家乃文化精英，个个都是所属文坛的一时之选。《西方正典》继而提出"比较"的概念，正合精英产生的文化机制。布鲁姆的标准总是莎士比亚，由此下开歌德，东接蒙田（Michel de Montaign），西取贝克特，允称得当。莎翁以剧作名世，可惜在戏剧方面，布鲁姆的经典系统出现的纰漏也最大。中世纪戏剧宗教色彩强，或许缺乏形式之美，然而希腊上古却和莎士比亚所处的伊丽莎白时代一样，系西方戏剧的黄金时期之一，由埃斯库罗斯（Aeschylus）领衔的三大悲剧作家的剧本更是登峰造极之作，布鲁姆至少不应忽视其中索福克勒斯所写的《俄狄浦斯王》。这出戏在布鲁姆的经典网络中，乃弗洛伊德心理学的文学基础，也是卡夫卡或伍尔夫小说的心理学背景，对后代西方文坛的影响力绝不下于莎士比亚的主要戏剧。

布鲁姆有独沽一味之时，尤其表现在他将约翰逊博士（Samuel Johnson）化为经典的作为上。《诗人传》（*Lives of the*

Poets）诸作，知识界向来以批评文献视之，布鲁姆则反其道而行，认为文采早已超越约翰逊对所论诗家的看法，值得奉为智慧文学的瑰宝。如此特立独行，更表现在小说的选择中。此时简·奥斯丁的《劝导》（*Persuasion*）取代了我们习以为常的《傲慢与偏见》（*Pride and Prejudice*），而勃朗特姐妹也让位给乔治·艾略特，19世纪小说经典的系谱于焉重写。待布鲁姆的品位三度展延，形成的是他对博尔赫斯与聂鲁达等拉美作家的重视，地理上已经跳脱欧美中心论的西方传统，值得喝彩。倘合以布鲁姆对伍尔夫的女性主义的推崇，我想他对拉美作家的重视或可修正《西方正典》出版以来时人的误察：布鲁姆虽然对第三世界强调的多元主义嗤之以鼻，对意识形态挂帅的评论风格也敬谢不敏，他的经典工程仍然不会因此而错过优秀的是类之作。

布鲁姆挑出的作品大多经得起一读再读，而这点也是他的经典观最得我心的地方。不过布鲁姆的"重读"建立在美学原则之上，而我觉得美学固佳，却也应该含括思想深度在内。形式和内容，毕竟是一体的两面。唯此，我们在剔除王尔德等世纪末的唯美派时才能师出有名；因此，我们在追加易卜生（Hendrik Ibsen）一类文界的思想重镇之际，依据之外也才能再得理据。"重读"不仅可以多识美学内蕴，"重读"也可以外在生命再证经典的思想内涵。由是我们在布鲁姆所提出的传统经典外，便不得不再添新血。在我们这个时代，性别已成恒久议题，所以萨福（Sappho）的同性恋抒情诗饱含真理，应该重读。过去罕察的女性偏见，15 世纪法国才女德皮桑（Christian de Pisan）的《贵妇之城》早也已指证历历，更值得省顾。在"人定胜天"已成人性笑柄的今天，圣奥古斯丁谦卑的《忏悔录》（Confessions）或艾略特的《荒原》（The Wasteland）仍可谓宗教经典旁出的系统中最有益于世道人心之作，不宜斜睨。而前提既然如此，我也不觉得我们有必要排除类如爱理生（Ralph Ellison）《隐形人》（Invisible Man）一类的非裔美国文学杰作，从而自绝于西方另类传统的民族悲歌。

上面我自行添加的概念，相信布鲁姆不会反对。他的《西方正典》论述的对象，不少便是磅礴沉笃之作，当得起以思想为导向的类宗教之名，例如乔伊斯的《尤利西斯》、贝克特的《等待戈多》（Waiting for Godot）、惠特曼（Walt Whitman）的《草叶集》（Leaves of Grass）或狄金森（Emily Dickinson）的个别诗作等——且不谈莎士比亚的《李尔王》（King Lear）或塞万提斯的《堂·吉诃德》了。这些作品原创性强，作者无不像托尔斯泰或陀思妥耶夫斯基一样抓来和永恒拔河。所以气势卓绝，每寓深刻的哲理于秀异的形式之中。荷马以降西方最佳经典的撰作态度每见于此，而我们每读一次，便获益一次，更可据而为行世的参考准则。

经典的形成或正典的打造，背后隐藏的原因众多，恐非独行侠布鲁姆一书便可解决。他推出《西方正典》，背后其实也有体制与美学范畴上的考量，不会是纯属个人的阅读结果。经典的形塑过程中，权力原则因此常出现得比我们的美感经验早，系经典之所以为经典的第一动因，亦其正当性之所出。不过权力原则与美感经验都会时移而代变，任何地域或任何学科故而亦无万世不移的经典书单。我们固可像布鲁姆一样由传统出发，阅读经典，我们也可因时代而重读经典，求出自己最后的西方正典。经典的形塑倘有任何意义，如此"重读"所含的"重新洗牌"之意，应居其一。而这最后一点，我倒觉得亘古如一，才是我们应该牢记在心的真理。

翻译历史
——评王德威著《被压抑的现代性——晚清小说新论》

在中国文学这个学术领域里，太平天国以来的晚清小说向非学界重视的对象。原因无他，就传统而言，此刻的说部既非开路先锋，亦非大成之集。倘从新文学的立场再言，晚清之作似乎又不如五四之新，表面上亦乏 20 世纪 30 年代的头角峥嵘。所以我们不论小说便罢，否则若非游移在明清之际，就是展望 1949 年的前后。尽管如此，这种情况迩来大有改观，因为王德威教授在上个世纪末用英文写下了《世纪末的华丽——晚清小说里被压抑的现代性》（*Fin-de-Siécle Splendor: Repressed Modernities of Late Qing Fiction，1849—1911*）一书，一举重厘了晚清说部尴尬的门槛地位。王著风气先开，乃中国文学研究挥别过去的里程碑或迈向未来的分水岭。

《世纪末的华丽》幸而又经宋伟杰等人中译，2003 年仲夏在台北推出，书名稍改，作《被压抑的现代性：晚清小说新论》①。译本刊行之后，论者不乏其人，是以晚清小说在学界扬眉吐气，指日可待。宋伟杰等人译笔流畅，清通可读，译体时而更有王德威本人在中文书写上的荡气回肠，实乃学术译籍难得的上乘之作。复因引文俱已还原，此书吊诡得似乎又比原著传神多矣。话说回来，译本的成就当然还是得建立在原著的基础之上，而王德威的晚清小说新论因此便由不得我们不加细按。总其所说，殆谓晚清小说非但不是时代末流或传统糟粕，抑且新奠现代，在文类游走中自有风华，大有可能还是"系谱自出"的"中国式"现代。王德威在书中抽丝剥茧，自四种晚清小说的次文类再探所涉现代性的渊源，所论故而又广及是时的狎邪、侠义公案、丑怪谴责与科幻奇谭等类型。这四种小说的笔法多数因袭传统，非因外力促成。就内容言，这些小说每每在延续传统之余又反出传统，带动未来。

以狎邪小说为例，晚清在这方面管领风骚者无疑应推陈森的《品花宝鉴》或韩邦庆的《海上花列传》。这些名著俱以"花"为题，若非自《红楼梦》、《牡丹亭》乞得灵感，便因古来史传的传统形成。但陈森和韩邦庆在因循固有之际却又大开传统的玩笑，所写之"花"乃余桃断袖癖下的虚凰假凤，而其刻画的方法隐然也有挑战古来史传的用意。《品花宝鉴》错置性

---

① 简体字版在2005年由北京大学出版社出版。——编者注

别，狠狠挖苦了曹雪芹或汤显祖所代表的言情传统，因而可作
白先勇《孽子》的先锋看，至少关注到了20世纪六七十年代
现代主义的一大课题。《海上花列传》则从北里风月写到八国联
军，政治谲谭和欲望传奇分分合合，不但勾勒出时人想盼的情
色乌托邦图象，"日后多少时新的女权议论"也"可以自此得到
灵感"，我们更可因之而得窥残雪《五香街》等现代狂想的"古
典"源头。《被压抑的现代性》所论，由是可见不止晚清是时的
"现代"，也把当时联系到我们今天所处的"当代"。

　　书中王德威处理得最具新意的，应该是有关"科幻奇谭"
的一章。晚清之际，西潮澎湃，新知泉涌而入，代变频仍。时
人因翻译著作而致见闻大开，于是搦管命篇，神而说之，吴
趼人与徐念慈等小说名流遂循凡尔纳（Jules Verne）与威尔斯
（Herbert G. Wells）等人的道路，别创中国前此未曾得见的科
幻奇谭。上天入地或是对未来的遐想，西方古来无时无之。史
诗的传统中，荷马所吟或维吉尔的《埃涅阿斯纪》，我们多少
都看过神通变化与时间旅行。同样的叙事传统，中国通俗小说
中亦所在多有，单是一部《红楼梦》就由贾宝玉的"身前"讲
到"身后"去，时光隧道尽集于曹雪芹妙可生花的巧笔毫末。
《西游记》更神，贯通天地与人间传奇，种种神变多的又都在
生死簿上演出。吴承恩讲的其实是个时间的故事。但是不管是
空间的腾挪或日月的消长，古人笔下确实多为神魔之属，"殊
少对器械发明"产生实际的兴趣。后面一点，巧的正是"神

话"和"科幻"的分际，而王德威慧眼独具，常人仅见"晚清四大小说"，他一马当先，看到的却是《新石头记》或《新法螺先生谭》。这种眼力特殊，因为从贾宝玉坐潜水艇或从孔子纵身跃上月球的想象中，我们不难揆知清人"吹法螺"的本事有多高。从《新中国未来记》或《女娲石》等书中，我们也不难体知吴稚辉式的"上下古今谈"谈的在在攸关民族的兴衰、家国的期待。《被压抑的现代性》这一部分的内容，某些我们在《从刘鹗到王祯和》书中已经读到，但是王德威重新讲来，气魄更大，缕述更精。往昔为人忽略的晚清小说果能"少康中兴"，王德威自己的"学术奇谭"当居首功。

王德威合纵中西，连横当代的晚清小说新论，当然得由书题中"现代性"三个字开说。何谓"现代性"因此就变成《被压抑的现代性》中极其重要的问题。从上文的摘要重述看来，"现代性"显然攸关中国固有以外的西方质素，王德威尤重中国文学面对世局所生的"一种自觉的求新求变意识，一种贵古薄今的创造策略"。由于晚清小说不乏此等意识策略，时人的实验对象乃由上述转向法律与诗学正义，为传统再开一境。其时的"现代性"因此就不是清唱独奏，而是多元的混声合唱。只可惜——依王德威的看法——历史往往不会如实呈现，只会沦为"史论"等人为的论述，从而拉开真象的差距。晚清小说就在这种情况下逐渐消音，变成"中国现代性"中隐无的现存。这种现象当然非始自当代，而是"自古已然"。何以如此，何以现代性强烈的晚清小说难以受知于人？王德威在小说本身的研析之外，另由历史纵面下了一个结论，道是五四的抵制使然，所著遂有"被压抑的现代性"之说。

此说是否得当，其实颇可商榷，至少胡适等白话文的提倡者不致于小觑晚清的白话小说，甚至连韩邦庆等人的吴语作品也在关怀之列。然而谈到小说本身所追求的现代性，则五四以降的中国文人对此恐怕真的是视若无睹了。王德威在这方面洞见频仍，《被压抑的现代性》既为译作，我们权且举翻译为例再谈。晚清说部，译作纵难居半，也是大宗，而作家所写更不乏买办译员这类在新时代为人牵线或本身便在竞逐西潮的角色，李伯元的《文明小史》即有如是者一，名曰"辛修甫"。这位中国文化的"新修补"囊中常有秘笈一本，可以把外国文字轻易就"易"成漂亮的中文。他和他的秘笈因此是如假包换的现代舌人，本身就是西方或——更精确地说——"西方现代思潮"的代言人，也是老大中国晋身现代急待一觅的启蒙法宝。这位辛修甫的译者身份，使他得以像古代贯通天地人的"王"者，或如力可沟通阴阳两界的巫觋。本身既为知识的来源，也是权力的化身。翻译在晚清故此遂得象征地位，"是一种似是而非的诠释手段"，更是——再用王德威的话来讲——"通往神秘的'现代性'的捷径"。

清末西风时常压倒东风，王德威如此定位——或是"消遣"——翻译，无疑也在颠覆那个时代深为后人敬重的文化行为。林琴南与苏曼殊曾经依之赖之，严复也因之而见重于后人。《文明小史》虚构的人物，在现实世界当然不乏活生生的实例。不过王德威果然愿意跳出虚构，其实还可在林纾这类文化遗老身上看到"翻译"更深一层的时代诡谲。林氏下笔，往往经人度语，或由王寿昌，或经魏易，总之他译家的"权力"实乃由他人而非自己的"知识"得来。有趣的是这种知识与权力的互动奇闻，从东汉以来即可在佛教的译经僧身上窥得，可知清末"通往神秘的'现代性'的捷径"，说穿了也是亘古以来中国人获取种种现代性的"捷径"。而且其之便捷也如实，从来就不必绕道今天我们所称的西方。

《被压抑的现代性》的论述洋洋洒洒，王德威引证的原典多达六七十部，又是巍巍大观。他写的是文学史上值得一顾的专题，不是单书的艺术成就，是以所引作品不必本本详述，部部细说。但从眼前可见的成就观之，王德威不愧是我们这个时代最渊博的学者之一，是夏志清以降洞见最著的文学史家里的一员。晚清小说在他——还有译者宋伟杰等人——的生花妙笔之下，一部部遂如咸鱼翻身，见证了历史的力道与力量。《被压抑的现代性》因此遂由20世纪末一路"翻"而"翻"到了21世纪初，最后才在我们引颈企盼下以中文翩然现身。这个

过程诉说的似乎又是另一种历史，是另一种翻译。王德威法眼
直观，铁口直断，李伯元与韩邦庆等人在他笔下好不福气，而
《文明小史》一类的晚清说部当真也在观看自己生命新衍——
也是新演——的历史。

现代董狐如何再现现代？——史景迁著作中译本总评

李孝恺译，《妇人王氏之死》，台北：麦田出版，2001 年 7 月

阮叔梅译，《大汗之国》，台北：台湾"商务印书馆"，2000 年 6 月

温洽溢译，《追寻现代中国》（3 卷）时报出版公司，2001 年 5 月

张连康译，《知识分子与中国革命》，台北：丝路出版社，1994 年 4 月

尹庆军等译，《天安门：知识分子与中国革命》，北京：中央编译出版社，1998 年 8 月

黄秀吟和林芳梧合译，《胡若望的疑问》，台北：唐山出版社，1996 年 5 月

孙尚扬译，《利玛窦的记忆之宫》，台北：辅仁大学出版社，1991 年

廖世奇、彭小樵译，《文化类同与文化利用》，北京：北京大学出版社，1990 年 2 月

2001 年 5 月以前，耶鲁大学史景迁教授的《追寻现代中国》才经中译出版，而几乎同时出版界又推出了史氏另著《妇人王氏之死》。由于史景迁乃西方汉学界重镇之一，所以上书一经中译，文化界旋即高度重视，肯定的声音不绝于耳。这些批评言谈各有重点，但整体言之，关键所在仍属史氏最擅胜场的"叙述史学"。就史学发展的大要而言，批评界于此之着墨其实诡异。诡异者之一在历史本来就是一门"说故事"的艺术，何以因袭旧套的史作会得人赞赏，甚至再三强调？其次是 19 世纪以来科学治史的方法兴起，蔚为主流的时间几达百年，在热潮犹未全退的今日，笔法左违的史作何以仍得青睐？再就台湾的接受而言，这些问题其实案外有案，不仅牵涉到原作，而且涉及译笔的成败，因为叙述史学所重者不仅是史家说故事的技巧，还包括代他说故事的译者的"文字技巧"。

《追寻现代中国》或《妇人王氏之死》都非史景迁啼声初试的作品，在这之前他已不乏著作，而且泰半也有中文译本，其中我觉得最具代表性的应该是《利玛窦的记忆之宫》。此书有孙尚扬刊行的繁体本子，也有王改华的简体译本。王译改题《利玛窦传》（陕西人民出版社，1991），我未及一睹，这里存而不论。孙译是内行人手笔，文意上大致忠于原著，但文体上却难如此要求。史景迁之所以著称于世，原因并非文化研究界前此曾经钟情于海登·怀特（Hayden White），假新历史主义之名强调史学撰述中的文学成分，也不是因为目前时尚所在的本雅明（Walter Benjamin）有名文《讲故事的人》使然，而是他的英文文笔在同行间确实鹤立鸡群，而所著又讲究布局，在结构上每能新人耳目。《利玛窦的记忆之宫》全书由利氏的《西国记法》起述，目的不仅在研究这本书背后的欧洲文化，也假书中几个关键字大谈利玛窦生平，进而把重点摆在他如何东传西学，叙述手法之高妙令人称奇。孙尚扬于明末东西哲学的接触颇有研究，所以史景迁的关怀，他可谓行家，在中文原典上译来左右逢源。

但是在哲学以外的西方物事，孙尚扬偶尔也会马失前蹄。举例言之，1601 年利玛窦在北京时，曾经上表进贡"雅琴"一具给万历皇帝。"雅琴"一词见利译《西琴曲意八章》的序言，稍后艾儒略的《大西西泰利先生行迹》称之"铁弦琴"，颇合利氏所著《中国传教记》中意大利原文的讲法（*gravicembolo/ manicordio*）。孙尚扬从史景迁的英译作"古钢琴"（harpsicord）；这固然没错，然而孙氏唯恐读者不解，在"古钢琴"之前擅添"拨弦"二字，则画蛇添足不谈，对这种古琴还显出生疏之态，而这就得不偿失了。因为既然是"钢琴"，那么不管多"古"，演奏方法都不会是"拨"，而是"弹"。此外，研究中西音乐交流史的人也知道，利玛窦贡琴前，曾在明人冯时可面前出示此琴，《蓬窗续录》故此记载：此琴之制"异于中国，用铜铁丝为弦，不用指弹，只以小板

174

案，其声更清越"。冯氏所谓"指弹"，指的是中国古琴所用的"指拨"之法，而所谓"小板案"，才是我们今天弹奏钢琴时的"按键"之法。翻译是诠释，为此而增减原文都属合法，然而所增所减倘致误导，那就弄巧成拙。

《利玛窦的记忆之宫》和史景迁另著《文化类同与文化利用》乃逆向而行的同工异曲。后书系 1988 年左右史氏在北京大学的演讲录，从 18 世纪法国作家葛莱特（S. Guellette）的小说谈起，触及者都是受过中国文化影响的欧洲作家或思想家，遍及哥尔德斯密斯、孟德斯鸠和近代的马尔娄、卡内提和博尔赫斯等人。史氏重点所在，乃这些人想象中国的方法，兼及其人其作呈现中国文化的大要。《文化类同与文化利用》虽然是演讲录，并无所谓"原著"可言，但是史景迁一向出口成章，娓娓道来也舌灿莲花，英文又系文言合一，如果表现为文字必然极其动人，任何人译其语都不能忽略其体。可惜我们阅读《文化类同与文化利用》却有生涩之感，因为廖世奇与彭小樵等人把史景迁转换得有如外国人在讲中文，和孙尚扬不时可见的欧化语相去不远。廖、彭诸人有一点略逊：他们在史氏的关怀上有隔。孙尚扬轻而易举就可译出的专门知识，他们几无头绪。耶稣会士罗明坚（Michael Ruggieri）在当行者眼中可是大名鼎鼎，在廖、彭笔下却只能音译为"麦克尔·拉吉雷"，就是一例。

在某个意义上，《文化类同与文化利用》乃史景迁近年来的名作《大汗之国》的姐妹篇。后书晚出，所涉仍系西方人的中国印象，上起马可·波罗，下逮卡尔维诺等当代大师。但二书写作或准备的时间或在同时，所以内容时见重叠。《大汗之国》不论体系或行文当然严谨许多，史景迁妙笔生花，握管如昔。他论证的资料又丰富无比，耕耘出不少常人罕察的吉光片羽。可是恕我坦言，此书也仅止于此。较有批判性的反而是早出的《文化类同与文化利用》，其中史氏态度积极，对西方人的中国偏见每加月旦。我读《东方主义》之时，常感萨义德为德不卒，《东方主义》中的"东方"仅及中东便戛然而止。《文化类同与文化利用》则代为延伸到了中国，仿佛续作一般。《文化类同与文化利用》乃为中国听众而讲，《大汗之国》却是为欧美人士而撰，这当中史景迁莫非也有个机会主义，致使标准双重？阮叔梅是《大汗之国》的译者，译笔尚称不恶，我在《中国时报》曾经撰文略及，兹不赘。但是我要再度强调此书"有述无论"确为一大败笔。史景迁笔下任何一章，我相信萨义德如果懂，写来都会强而有力多了。

在中国现代史方面，史景迁撰有《天安门》一书，副题《知识分子与中国革命》。尹庆军等人的大陆译本保留正题，张连康的译本则略之。尽管如此，在中文造诣上尹氏等人仍然不敌张连康，虽然我可以感觉到他们也颇为用心，呕心沥血想要再现史氏原作所刻意营造的文字氛围。比起阮淑梅的译笔，张连康确有不同，但请恕我仍得直言，这些译者中没有一位的文字功力赶得上史景迁。如就内容再论，《天安门》的视界集中，全书因此更为贴近中国。史景迁回顾中国近代所发生的各种变革，把变法维新与辛亥革命一网打尽，辗转间又写到北伐清党与国共内战。这个国家的政治此消彼长，历百年而吵扰不休。全书最后拢收于"天安门"，笔端确巧，令人激赏。张译初版在历史知识的翻译上稍嫌不足，幸好二版已经方家订正，加上译笔尚称不俗，全书依然可取。译体之为重也，由此可见一斑。

张连康的优点，亦可见于黄秀吟和林芳梧合译的《胡若望的疑问》中，甚至推而延展到李孝恺 2001 年 7 月间中译刊行的《妇人王氏之死》。这几本书虽非按原版的时序译出，然而各家每每后出转精，一山还比一山高。《王氏之死》原著出版于 1978 年，比《胡若望》初刊的时间足足早了 20 年左右。但两书间若有巧合，因为史景迁在书中都把镜头由远拉近，把个人小事放大成为历史宏观。《王氏之死》的主角乃某名字阙如的妇人，书中借她一生讲 17 世纪山东郯城的举废，由此微观清代中国中衰的转折。史景迁的史笔最具巧思的是，他不仅转换镜头，而且在一个写实当道的时代运用后现代的拼贴技巧，在县志与小说中复述历史的变革，结果所成就的反而是比历史还要历史的历史。我们已习惯于写实主义的线性时间，浑然忘记人世的时间还有心理与文化上的面向，而这些因素更常渗透互典，碎裂我们自以为是的线性时间。李孝恺的译笔颇佳，不过他把蒲松龄的文言文转成白话文的造诣远高于英文中译。

《胡若望》是后出转精中的精品，意识流的蒙太奇在此几乎化为博尔赫斯或马尔克斯的魔幻写实。这本书写18世纪法国耶稣会士傅圣泽和中国天主教徒胡若望之间的纠葛。胡氏本为广东某教会的司阍，傅圣泽为研究中国语文转而聘之为助手，携返法国。不料胡氏信教入迷，幻象与恍音萦绕不去，到了法国后已难胜任助手之职。傅圣泽故此拒付原定的年薪，而这点糊涂的胡氏反倒不糊涂，扬言傅氏倘不履约就拒绝回国，所以一度在流浪和精神病院中苟且度日。胡若望的生命虽有发展，但高潮不多，史景迁志在将之写成18世纪中西关系史上的一则历史寓言。和《王氏之死》一样，《胡若望的疑问》中时序也经拼贴成形，事件本身都由不同的镜头表出。是以书中有回忆，有现象，也有史景迁个人的看法。林林总总全都交错相混，织成一片迷蒙雾海，而胡若望就从这片云山中走到读者眼前，有如幽灵再现。对历史，史景迁此时颇有意见；对世人，他和马尔克斯则有异，因为他缺乏某种悲悯的情怀。

这种"情怀"，其实正是史家和小说家分道扬镳的地方，史景迁当然是前者。对他而言，史家尽可采用小说家笔法，但历史绝非虚构，而是"信而可征"的过去事实。由是观之，我们不难想象"好讲故事"的史景迁依然会正经八百，写起《追寻现代》这本近代中国的"通史"，把魔幻时间又拉回线性叙述。不过容我三度直言，方之史氏迄今业经中译的诸作，《追寻现代》三卷才是他登峰造极之作。书中我们可以挑的骨头，唯其引用中文原典不多，仰仗的主力反而是西方文字所写的二手资料，于史家的训练似有凿枘。论到译笔，我要说温洽溢恐怕也是迄今所有译者中才情最高的一位，下笔直追史氏。我尤其欣赏他句中强烈的韵律感，增减一分都不行，把史景迁那手绝妙的英文复制得几乎已经变成是创作。我在一篇近文中曾强调：翻译有其主体性，拙劣的译者是佣兵，善译者则和原作平起平坐。温洽溢显然是善译者。

《追寻现代》既为通史，当然要从明末一路写到世纪末中国的市场经济。有关世纪末这一章，1990 年本书初版阙，乃史景迁在第二版补写的。按照中国人的标准，史景迁也要等到这一刻才能称为"良史"，才是一位不惧威权的现代董狐。不过即使不用这种传统史胆衡量，我觉得《追寻现代》仍然有其意义，仍可谓史学撰述上的"董狐"。后面一词，我意在隐喻，想要说明的是史氏于史事的裁剪常含寻常史家所缺的史识与龙门心传。在某个意义上，史景迁的"史识"得力于他非炎黄子孙的身份不少，也得力于他丰富的西方史——乃至于世界史——的知识。《追寻现代》里没有民族主义，也没有中国学者论史常常挥之不去的家国情结。书中所秉乃客观之笔，故而可以深具普世意义的态度重审历史。我们所见，首先便反映在史景迁把"中国近代"的概念上纲到明末。

若据常言，中国乃因鸦片战争战败，才在他者的对照下映现国家主体性。然而史景迁拒从这种民粹论述，认为中国"追寻现代"的努力实乃溯自晚明，因为此刻天主教传教士涌入，正是中国现代化所赖的"西学"东来的一刻——尽管这里某些"西学"的"现代内容"我颇怀疑。其次，史氏的西方史知识也平衡了中国人以自我为中心所衍生的史观。史氏认为，贩卖鸦片当然违背道德，但是这当中如果涉及贸易与外交失衡，那么英国人发动鸦片战争的合理性便值得重省。《追寻现代》道是英国人因茶叶需求孔急，致使白银大量流入中国，而中国政府却悍拒双边贸易的互惠举措，所以才在不得已的情况下以鸦片扳回一城。

这种结论听在中国民族主义的基要派耳中，当然不是滋味。不过史景迁旁征博引，言之凿凿，几乎由不得人不相信这才是"历史真相"。我不是专业史家，但从中也学到某种历史教训，也就是说唯有东西方彼此包容理解，人类才有可能减少或消弥因误会所致的历史遗憾。文前提到明清之际东来的传教士，下面不妨由此举例就此再证，借以结束本文。

传教士来华是在明神宗万历年间，利玛窦诸人把传统士大夫如徐光启"教育"得唯欧洲是尚，他们也因此而毁道辟佛不遗余力。然而宗教地盘的争夺战是一回事，在明白人眼中真理又是另外一回事。徐光启著有《辟释氏诸妄》，不过他并未因此而否定佛经中某些不分时地的普世道理。所著《毛诗六帖》

虽由孙辈续成，但是首卷应为手笔，其中解《国风·卷耳》的怀人思春，便引佛经所谓"能知大地，皆属想持，如是得成，初发心菩萨"诸语，说是"了得此意"，方能读《诗》。由是观之，徐光启确实不以"异端"而废言。在此之外，我的同事廖肇亨博士最近又在明代《金刚经如是解》中发现，书中的佛教徒注家在解《金刚经》语"大千世界"时，用的居然是耶稣会士汤若望的地理知识："汤若望曰：'欲明地球之广，当论经纬一度为几何里。今约二百五十里为一度，乘以周地之数，得九万里。'"汤若望这套经纬之论可能出自《崇祯历法》诸书，今日看来是常识，但是当时拥佛的注家不以"异己"而废言，心胸即如辟佛而又引佛的徐光启。他们都能抛弃成见，唯真理是问，豁豁度量令人佩服。读史景迁的《追寻现代中国》，平心而论，中国人必须有前贤包容异己的雅量，如此才能从这本"外国"观点下的"国史"得益。

评论

虚构性的传记与传记性的虚构

荷马（Homer）史诗《伊利亚特》（*The Iliad*）首卷的主题，是希腊名将阿喀琉斯（Achilles）的愤怒。事因联军统帅阿伽门农（Agamemnon）蛮横专断，强索帐中美人而起。内讧方兴之际，舰队联席会议不时传来咆哮怒吼、剑拔弩张的场面，扣人心弦。会议最后，年高德劭的涅斯托尔（Nestor）适时出面，一番话搓合敌对双方，至少要他们以大局为重，暂息怒气。此时吟游诗人独钟涅斯托尔的描写，而所吟确实与众不同：

> 他擅长辞令，声音清晰，是皮罗斯来的雄辩家。
> 他侃侃而谈有如舌尖生蜜，甚至比蜜还甜。在皮罗斯，他眼见两代人生离死别，自己却毫无微恙。
> 同代人撒手后他又为下一代送终。
> 如今他统治的子民已经是第三代了。

这些诗行虽以生人为刻画的对象，语句间却已流露出强烈的墓志铭动机（Cenotaph-urge），让人联想到上古人士勒石为记，咏颂英雄豪杰的传统。然而史诗诗人唱出这段，本意应在迅速平定争端，以便继续弹唱特洛伊战史，满足听众的好奇之感。诗人可能没有想到就在这些印象与要求之间，现代传记的基石已经埋下。力主科学的史传研究者，或许认为爬梳个人浮沉，织结传主生死，努力张扬精神或人格特色才是"传记"的首要之务。但纵使如此，荷马三言两语的综述也有其先导价值，何况他语及老王的个人背景，又谈到他的公共生涯，再不能用浮泛粗劣苛责。希腊人重视的口才训练与体魄要求，史诗也一一道出。

涅斯托尔的"略传"唯一令人稍感不安的是"舌尖生蜜"这类的文学语言。荷马的明喻（simile）虽有褒贬作用，但同时也让事实陷入"虚构"的史传忌讳之中。海登·怀特（Hayden White）一类的现代理论家或许不会以此为忤，然而年鉴派的科学至上论者可能就要连声抗议了。为此一矛盾与对立圆场的方法，最称便利的可能是干脆承认"传记"是一种"文类"（genre）：能托出事实最好，否则让读者悠游在虚构中也不失价值。世人好以"传记"形容虚构，其来有自。

史诗既同于墓铭石刻，可为"传记"滥觞，则西方人的"记实"作品岂不发源自"虚构"？荷马笔下涅斯托尔的行谊或许在形式上仅属于墓铭石刻的言谈性对应体，其文本内容却已经过希腊民间口述传统的修正，故虚实问题并无从查考。我们若强自刻舟求剑，胶柱鼓瑟，则无异自寻烦恼，贻人冬烘之讥。

中国人所写的文学性"传记"，以《石头记》对此现象最称了悟。开篇所谈岂止弃石入凡十余年间的经验，甚至还有开天辟地的"史笔"企图。不过曹雪芹实来虚去，并不忘警告读者该书实无朝代年纪可考，更不应穷根究底，浪费心力。因此，《石头记》可谓既坦白又隐晦，其语言陷阱常令读者在虚实间跌撞不已——而乐也就在其中矣。虽然如此，说《石头记》善于"记传"，还不如说这本书在"反传记"。中国人的观念和西方人不同：几乎所有的虚构作品都有向纪实性的史传看齐的倾向，故《水浒传》虽有其信史依据，所传梁山诸杰之"传"更落实在赵宋一朝；而《三国演义》不仅推衍了《三国志》，更有"帝王实录"的"传记"用意，完全否定其编造与营构的体质。《石头记》以"记"为名，上溯前生，下及人世荣枯并各种心理现象，却在书首卷尾明陈本身乃"满纸荒唐言"，而故事中人"由来同一梦"，则其所"传"所"记"者何也？"传记"在此书中不就等于"虚构"？人世浮沉又何异于大荒山的云雾缥缈？方之柳子厚《种树郭橐驼传》与韩退之的《毛颖传》，《石头记》实则寓言也，然则，谈到不以虚构为意的记传之作，中国人实不让荷马专美于前，虽则胸怀气魄远逊。唐人传奇《莺莺传》的篇题，乃中国"文学传记"作家声东击西之计得逞的佳例。莺莺者，非"传主"也。后者其"张生"之谓欤？此"张生"者，实亦虚构之主角，虽则全文作者行事似又与之多所重叠！至于传记语言的夸张，虚构惯例的套用，《莺莺传》篇首当为一绝：

> 唐贞元中，有张生者，性温茂，美风容，内秉坚孤，非礼不可入。或朋从游宴，扰杂其间，他人皆汹汹拳拳，若将不及，张生容顺而已，终不能乱。是以年二十三，未尝近女色也。

这篇"个人介绍"，包含荷马记涅斯托尔的某些"传记"特色，尤能"刻画"传主"坚孤"的个性，一派"纪实"的模样。然而顺此楔子续观《莺莺传》，张生的人格道德不过虚晃的噱头，远不及滔滔雄辩的涅斯托尔。张生果如文学史家所言为作者元稹的自托，则这位唐朝名诗人所立的"自传"，根本就是其人生平行事的讽喻（irony）。较之涅斯托尔为团体荣誉放言不讳，终嫌寒碜鲁劣。

话说回来，上述拙意不在月旦传主，实鉴于荷马式夸张有代有传人，即使远国异域也有足资颉颃者。史诗若可视为古人传记企图的形式之一，则涅斯托尔传略显示基督纪元之前，西方人即已纷纷使用虚构作为媒介，或咏颂时人，或传达理想中的人杰形象。所有民谣谱记与民间传说，都具"传记"的色彩。

　　我把"传记"放进引号之中，多少暗示科学派的准绳在此行不通。古人"文史"不分，当非他们不懂科学，而是他们对科学的体知和现代人大有歧异。文史不分的不仅是欧陆文明源头之一的希腊人，基督思想直接承袭的希伯来文明，不早就在其正典中传达过类似的讯息？《旧约·创世记》可能是虚构，却不是现代俗人定义下的"神话"。上帝梳分天地，摆列星辰，又搓泥为人，对狂热的基督徒而言，这是科学推翻不了的"信史"。犹太人对亡国特有感触，则可能认为《创世记》是谁都否定不了的"家传"。约瑟（Joseph）的故事交织在各种"梦境"中，而这些"梦"却是各种先知传记的源头活水，约瑟的一生故此便变成尔后以色列诸王的行事典范。《摩西五书》（Pentateuch）沉笃磅礴，既是"史诗"，也是"传记"。这五卷经书由摩西（Moses）这位政教领袖诞生写起，穿插水难与奇遇，卷中超自然的场景又串连成篇，灵异不断，直至"传主"蒙神宠召上天而去才曲终奏雅。

　　罗马人最伟大的史诗《埃涅阿斯纪》（The Aeneid），打一开卷就在模仿荷马的杰作，其主要目的虽在歌颂国家的光荣与民族的绚灿，而个人意志的悲剧性典型也不在强调之列，但罗马治国者理想原型于此却多所致意。易言之，维吉尔化"观念"为人物"传记"，再让此一"传记"与"国"紧紧结合在一起。对吟游诗人来讲，"立传"的过程往往是无心插柳柳成荫，但埃涅阿斯的生命际遇几乎就是其"作者"的关怀整体。英国文学史上，大约只有蒙茅斯的杰佛里（Geoffrey of Monmouth）所写的《不列颠诸王传》（*Historia Regum Britanniae*）堪比维吉尔。

有趣的是，这些狂热的"传记"真伪难辨。虽欲以"史笔"遮掩"虚构"，反变成"欲盖弥彰"。倒还不如《新约》中的《马太福音》、《马可福音》、《路加福音》与《约翰福音》直陈宗教异相，以虚重实，说明耶稣下世人凡的三十余年见证。玛利亚不婚受孕（Virgin Birth），则可视为姜嫄履巨人迹，感孕而生周人始祖的中东翻版。周人未尝以姜嫄故而立下国史家传，玛利亚的"神迹"则是"耶稣传"的嚆矢。成人后的耶稣深富传奇色彩，多少糅合了古印度人"药师佛崇拜"的成分。这方面传文中的典型，谨抄如次：

> 耶稣走遍加利利，在各会堂里教训人，传天国的福音，医治百姓各样的病症。他的名声就传遍了加利利，那里的人把一切害病的，就是害各样疾病、各种疼痛的和被鬼附的、癫痫的、瘫痪的，都带了来，耶稣就治好了他们。当下，有许多人从加利利、低加波利、耶路撒冷、犹太、约旦河外来跟着他。

耶稣为传道故，曾走访各处，史乘信然。但其"再世华佗"的神力，却是实传中的夸大之笔。而神行水面，死而复活等传中圣迹，唯信徒才能接受得一无困碍！

从唯心论的角度看，科学派的传记家必须"理所当然"地视《四福音书》为如假包换的"耶稣传"。其典涉抑且如《旧约》般独特又广泛，在中世纪就已演绎成为许多以耶稣生平为主要情节的神秘剧（Mystery Play）。虚构与"史传"的融通故有未甚于《四福音书》者，而虚构与"虚构性的史传"的汇合，也罕见表现得像上述中世纪戏剧之如此令人"不容置疑"。

在俗人来看，宗教性传记当然是文学性虚构的一环。既为其远祖，又复为其苗裔。佛藏本缘部里的《本生经》（*Jataka*），同样在传记与虚构的两极间拉扯——或者说逐步结合。律藏与经藏都含本生故事，其所立的人事关系，厥以佛与弟子的事迹为大宗，而一旦与法义结合，遂演成开示意义颇重的佛与弟子的"传记"。如来昔修菩萨行，缘业俱见于此：众僧伽比丘师教训，也见载之。《本生经》多为文学瑰宝，叙写琦丽与朴拙兼而有之，长篇短制亦各有所长。从《六度集经》到《菩萨本生鬘论》等，在在构成五彩烂漫的释迦行传。和《四福音书》所载耶稣传不同的是，《本生经》的虚构结合天地人畜：鹿、兔、鹦鹉与猕猴是最常出现的动物，而太子雪山修行，成道入寂前的事迹也一直夹杂着天地君亲与夫妻之义等感人缘业，晚出的《佛本行集经》等记载本生故事的经籍，还曾像《四福音书》与中世纪戏剧的关系一样，在中国晚唐"变幻"出流传在民间的宣教虚构文，如敦煌所发现的《太子成道经》与《太子成道变文》等等。

本生故事既然不乏鸟兽，可见印度上古婆罗门教经典的影响，也可见这些"传记"必然像《伊索寓言》（*Aesop's Fables*）一样，是"比况"（*aupamya*）或"譬喻"（*apadana* 或 *avadana*）之作。比喻证法，更难脱虚构之嫌，虽则其教训可以真而又真矣：

> 昔者菩萨为鹦鹉王，常奉佛教，归命三尊时当死，死不犯十恶，慈心教化，六度为首。尔时国王好食鹦鹉，猎士竞索鹦鹉群，以网收之，尽获其众。贡于太官，宰夫收焉，肥即烹之为肴。鹦鹉王深惟，众生扰扰赴狱丧身，回流三界靡不由食。告从者曰，除贪捐食，体疲小苦，命可冀也。

佛教相信轮回转世，故其传记时间为圈状回环，而佛祖的"传记"自然可以溯及另一种形体的生物，亦即其前世原形。妙的是，前世故事一旦形诸笔墨，则不管原身是人或其他物类，形成的多为醒世劝人的陈述，而这正是现代传记家不曾怀疑的传记功能之一，也是往世史传小说家确认的虚构的功能。《水浒传》完结篇的证诗，不就是出自这种警世教化的口吻："大抵为人再一丘，百年若个得齐头！完租安稳尊于帝，负曝奇温胜若裘。"

佛祖大多以自身为喻，教世化人，故其"传记"就是佛法。《新约》里的耶稣恰好相反，他所讲的"比喻"（parable）通常与个人的生命过程无关。可是缺乏这些"比喻"，一部"耶稣传"便会暗淡无光，因为耶稣一生的精神与思想，约有三分之一已都化为《四福音书》里约 60 个的比喻。即使非基督徒，也应对好撒玛利亚人和浪子回头的故事略有耳闻。对现代信徒来讲，耶稣的比喻是含有天国意义的现世故事。对耶稣的传记而言，各个比喻却有透露时代背景的弦外之音。我们对"牧羊人"与"羊群"的比喻耳熟能详，不用解经学家的说明也能略知一二。但是《新约》的学者却告诉我们，耶稣生时所处的犹太社会，常把牧羊人定为罪人。当时的农牧生活结构中，品行不端者才会沦入为人放牧的恶境，受尽鄙视。耶稣的比喻，因此并非都能投人所好，反而有唱社会反调的偏激之嫌。由"比喻"下手，因此益可见耶稣拟"导正"社会价值观之念头。但深入探讨，我们反而却会发现这些不可或缺的"耶稣传"成分其实都是"虚构"，必须以反面教材视之，如此才能了解耶稣生前的社会实况。

《新约》里的《使徒行传》，又是特色别具的另一种文学性传记。虚构的色彩在这里转为心理异相，《四福音书》倒变成写作上的指导。笼罩在彼得和约翰身上的光环，其实都是耶稣人格的延伸，我们故此看到"药师佛崇拜"几乎换汤不换药在此移花接木。这一幕也在保罗的事迹和书信中重演，而各种圣徒传记（hagiography）就此大行其道，自中世纪早期传下，垂千年而不废。我们欲知甚详，恐怕仍需另文为之，所以请容就此打住，侯诸来日。

追寻乌托邦的屐痕：西洋上古文史里的理想国思想

　　"乌托邦"乃人类思维极其自然的憧憬，中外皆然，而且历史悠久，绵延不绝。讨论此一课题的著作更是层出不穷，以义理之精审而言，凯特布（George Kateb）所著《乌托邦和反乌托邦的理论》（*Utopia and Its Enemies*, New York, 1963）与曼纽尔（F. E. Manuel）所编《乌托邦及其思想》（*Utopians and Utopian Thought*, New York, 1966）可称首要。若以乌托邦文学的编选与历史流变而言，则詹森所编《乌托邦文学选集》（*Utopian Literature: A Selection*, New York, 1968）无疑最称扼要，流传也最为广泛。本文所述，大抵沿袭后书的看法，必要时我也会加插个人的一得之愚。

　　毋庸置疑，"乌托邦"一词出自16世纪英国权臣莫尔（Sir. Thomas More）的政治幻想伟构。但世人罕察的是，莫尔杜撰"乌托邦"一词，却可能是考虑到北欧人文主义宗匠伊拉斯谟（Desiderius Erasmus）建议的结果。"Utopia" 乃由希腊文的两个字根组成：*ou* 指"无有"，*topos* 则为"地方"之意。有人从希腊文语意中译此词，所得结论则为惯用的中文习语"乌有乡"。但莫尔大作原题并非希腊文，而是文艺复兴时期饱学之士通晓的拉丁文中的"那是什么"（*Nusguama*），其意仍指"乌有地"。伊拉斯谟乃莫尔至交，从游门生又经莫尔化为虚构中人。专攻莫尔的研究者因此指出："乌托邦"这个 1516 年正式和世人见面的希腊文，仍可能是精通该种语言的伊氏在阅毕莫尔手稿后所作的建议。莫尔从善如流，世人乃添加了一个新的语汇。

正因"乌托邦"一名有违英文地名的造词原则，在行家眼中，其内涵一眼可辨，所以有人认为，即使莫尔也不认为此一和谐幸福的社会有其存在之可能。世人好以幻想自欺，莫尔何尝不能开我们一个玩笑？莫尔推出《乌托邦》后 300 年左右，美国人"遵古法制"，开始撰写《独立宣言》（*Declaration of Independence*）。他们视美洲为世外桃源，应该是人类在现实世界里建立乌托邦最有可能之地。结果呢？《独立宣言》里也只能求得这样的结论："世人有追寻幸福的权利。"请注意"追寻"（pursue）此一中文译词，因为此词表明在现实政治里乌托邦思想最丰的美国人，也不敢确定自己即将建立的国家是否就是众议佥同的"乌托邦"。难怪语意含混，犹疑之心昭然若揭。

尽管如此，这并不能证明人类就此对"理想"死心。人类有后见之明与先见之明：前者促使我们检讨过去，期盼未来；后者则让我们担忧未来，缅怀过去。人类的记忆力又奇差无比，想象力却漫无节制。我们容易忘记过去的惨痛教训，但永远也忘不了某年冬夜的温馨炉火或某年夏日的万籁俱寂。这种惯见的"怀古症"（nostalgia）为英文的一个习语构设了理论基础："美好的过去"（The Good Old Days）。有些时候，人类甚至连惨痛教训也不易遗忘，于是"失而复得"就变成世人的普遍心理，而乐观的哲学家一发动想象力的马达，另一英文惯用语的基础就此奠下："明天会更好"（Tomorrow Will Be Better）。两种心理交相自欺与自慰，自古已然，于今尤烈。所以要追溯乌托邦的活水源头，不能仅从莫尔下手。相反，我们得从史前的混沌拨云见雾，得从神话的脉络探寻其原始基型。故此我们可以放言，从西洋文史的角度来看，从荷马（Homer）到但丁，从莎士比亚（Shakespeare）到托尔斯泰（Tolstoy），处处都可见对乌托邦的描绘，至不济也会留下一些类似的雪泥鸿爪。乌托邦更不是遁世思想（escapism），而是生活的一部分。由文史的演变来看其发展辙迹，亦可了解人类知识传统的发展梗概，认识世界的形成背景。人心的深层需要与基本欲求，不消说也都存在于历朝累世所建构的乌有大梦里。

最早的桃源旧梦，可能得由游牧民族的迁徙形态数起。公元前4500年，世界数大游牧部落早已分别逐水草而居。他们千里迢迢翻山越岭，实则想在石器时代里寻出能供给生活所需的居址。蒙古人为求"狩猎乐园"（Happy Hunting Ground），不惜跨越白令海峡到达陌生的新大陆。高加索人（Caucasian）则迤逦来行，抵达温湿的地中海沿岸：他们在这里看到了梦土的金黄果实和梦乡的金棕羊毛。

此时，地中海南岸另有成群结队的沙漠民族游移在绿洲之间，希望找到大的水源，羊群可赖以维生，人群也可以有息居之所，免得其他游牧民族劫掠。这些小民族可以犹太人或以色列人为代表。他们浪迹四方，不是受到埃及人的奴役，就是陷入巴比伦人的毒手。不过，以色列人也非省油的灯，他们远走中东沙漠，期待信仰里的"神"能适时出面解围，也希望来日终可抵达雅未（Yahweh）或耶和华所应许的丰饶沃土。犹太人深信他们的初祖所居是世无其匹的人间乐园伊甸（Garden of Eden）。人因犯罪，致使神收回乐园，但其中的徜徉自适与甘泉美景，则早已形成全民的共同记忆。

《旧约·创世记》所叙述的伊甸园，可能是史前神话与传说中最具代表性的乌托邦世界。乐园丰饶，富庶有余，这个母题其实也见诸埃及人、苏美人与巴比伦人的传说。弗雷泽爵士（Sir James Frazer）的《金枝》（*The Golden Bough*）论及阿多尼斯之园（Garden of Adonis）、刻瑞斯（Ceres）崇拜与其他非基督宗教的仪式，反映出初民认为植物神话即是生命的象征，而树林、绿洲与园林也一一成为神圣之地。在希腊文里，"园林"一词所对应的 *paradisos* 一词，后世干脆赋予"乐园"

（paradise）的宗教意涵。伊甸园的神话因而可称最早的乌托邦，但这个神话也是"失乐园"故事最早的雏形，史上诗家一再悼念志哀，也难怪莫尔杰作的专题明摆着乐园是自欺之谭。

翘首西望，我们在普罗米修斯（Prometheus）与潘多拉（Pandora）的传说里，见到希腊版的亚当和夏娃的故事。当然，就乐园母题的气势而言，希腊人远逊于希伯来人。虽然如此，希腊神话中的"黄金时代"（Golden Age）却也一派承平，天人不欺，富庶丰赡。后世为此一"乌托邦时代"垂涎艳羡者不知凡几，人类的史观更因此而大受影响。这种文化意义只有罗马人的农神（Saturn）轶史能与之颉颃，不论历史或宗教传统皆然。今人庆祝圣诞节，而其仪式间架根本就是在为"黄金时代"招魂。祥和、富足与幸福的氛围，确实不由得我们不回想到希腊，或者——质而言之——不由得我们不回溯到罗马农神节（Saturnalia）的欢愉宴享去。上述的远古传说都是乌托邦思想的原型，更可以让人借以洞悉这种思想的心理基础。

游牧民族一旦发现"应许之地"，定居下来，就会改行成为农民、渔夫或商旅，村落与城镇就此兴起，而文明的各种形式也跟着展开。商旅或渔民在远国异域的发现一经记下，乃形成"故事新说"或"旧史重谭"。这些故事旧史同时也是人类第一代史家取材的来源。所谓的"故说"或"史实"（true narratives），无非行旅由远方传播来的二手谣传。不论是哪一个民族，其传说中总会包括一块祥和幸福之地。所有动物之中，人类大约是最不知足者，永远感到生活匮乏。就算居址是故人眼中的乌托邦——如迦南（Canaan）和阿提迦（Attica）——人类仍然觉得不是短了食物衣料，就是缺了可以遮风避雨的房舍。于是乌有大梦再度兴起，于是我们看到史学家如希罗多德（Herodotus）、斯特拉波（Strabo）与狄奥多罗斯（Diodorus Siculus）一再在他们的"史记"中记载某种兼顾生物本能与道德理想的"乌托邦"——史前人类所强调的地理形势与风和日丽反而不再是新理想的典型。"乌托邦"仍非地图上的一角，但是同义的名称纷纷出笼，诸如"埃塞俄比亚"（Ethiopia）、"希西亚"（Scythia）或"海波玻里亚"（Hyperporea），等等。这些地名听来煞有介事，其实都是希腊罗马史上的传说与神话。

希罗多德（约前 480—前 425）素有希腊"史学之父"的令誉，但他一生爱好旅行，履痕曾经远达北非，也就是欧陆人士口中纷传的乌托邦坐落之处。希氏践履斯土，当然看不到什么华胥氏之国，不过他仍然信以为真，以为越过地平线即可找到化外之民。地平线永远横亘在前，问题是有谁"越得过"地平线？伊氏在埃及也听到大伙口耳相传的某些埃塞俄比亚人的故事。荷马在其史诗中说这些人为诸神钟爱，常和他们宴饮作乐。希罗多德又以史家之笔加油添醋，称这些桃源居民住在尼罗河水源尽头的群山之后。荷马的《伊利亚特》（*The Iliad*）

也提过希西亚，说这个国家位于"好客海"（Euxine Sea）之阴。希罗多德的《历史》则以欣羡的笔调形容这群友善的世人。《历史》中还提到海波玻里亚人：这是一群天之骄子，族名虽有"寒地"之意，全族却都住在北风的背处，活动范围一年四季如春，不出洋川（Oceanus）之外。而且这是一簇"彭祖族"，高龄者岁达千年以上，无忧无虑。维吉尔的《埃涅阿斯纪》则称其祖居之地为北极。话虽如此，《历史》所载的各个"神仙"国度，仍以埃塞俄比亚对后世的乌托邦思想影响最大。

不过，就希腊史观之，从公元前 5 世纪到 1 世纪，希西亚人却是一般人最熟悉的乌托邦生活的象征。前述希罗多德曾称颂过这族人，其实别的史家也有溢美之词，如希波克拉底（Hippocrates）与埃福罗斯（Ephorus）等。话虽如此，对希西亚人最感兴趣的仍推史地学者斯特拉波（前 64—前 19）。他在《地理志》（Geography）第七章升华了希西亚百姓，认为他们是简朴与美德的表率。斯氏还特意以对比的方式凸显希西亚人吃苦耐劳的美德，把其时希腊百姓的奢华浪费贬为堕落。打压文明，彰显初民精神，似乎也是上古史家眼中乌托邦的面向之一。希西亚人的生活就是当代希腊人从前所过的生活方式。斯氏表彰这种纯朴人生，不仅显示了他的历史怀古症，也可让西方和东方的老庄理想互相辉映。"往后看"时或为乌有大梦的内容。

狄奥多罗斯（前 40）是西西里岛人，恺撒（Julius Caesar）控制罗马，推动社会改革之际写出生平压轴的史卷《史藏》（*The Library of History*）一书。他和希罗多德略有雷同之处，都好以史前神话和传说入史。但讽刺的是，狄氏最有趣的乌托邦观念却出诸"信史"，临摹的蓝本正是埃及早期的政治体制。他所以垂青埃及，当在冀求春秋之笔能为当局重视，改造其时的罗马成为一个古埃及式的乌托邦。在狄氏生前，埃及实已堕落败颓，但狄氏相信数百年前的埃及政教风范足式，后世应该接受前贤垂训。由是观之，狄奥多罗斯的乌托邦也是另一种怀古症的发作，都想在"现在"为古人招魂。

对今人而言，早期的希腊文化的史家可谓"向后看"型的桃源忆旧者，其轻信神话传说与无睹社会现实的倾向，无异于史前那些不介意鲁鱼亥豕的追逐千秋大梦者。纵然如此，希罗多德、斯特拉波与狄奥多罗斯推演的乌托邦观念仍然各个不同，各具意义。他们想要拉回时间的胶片，跨过那横亘在前的地平线，徒劳无功固可想见，但其炽热心力却是人类史脉的见证。这些史家另有过人之处，他们坚信自己所"写"的乌托邦为一事实，所以他们的"历史"不会上演"失乐园"——乐园未失，只是尚未找到。

希腊与罗马史家所描绘的完美社会，古典时代的政治理论家无不同声接受。这些理论家也有不少人是历史学家，例如希腊人波利比奥斯（Polybius, 前 202—前 120）就身兼军人与史家的身份：他的《罗马通史》当时可是赫赫有名！波氏主张三权分立的政府，彼此协调制衡。时人莫不认为罗马政府应该采行这套前卫制度，提升议事与行政效率。波氏以后的史家如狄奥多罗斯与李维（Livy）就深信这套思想，而往后史家再加散布的结果，就形成了美国如今的宪法。类此乌托邦式的政治理论，古哲与传家的作品触处可见，名气最大的当推希腊哲人柏拉图的各种对话录。

柏拉图和乃师苏格拉底的名气仅在伯仲之间，但后者却常成为前者著作里的代言人。柏氏几乎触及哲学各领域，但是再三致意者厥为行为的模式，个人与大众的关系。《对话录》里《蒂迈欧篇》（Timaeus）一篇中，柏氏便以寓言托出一个乌托邦国家亚特兰蒂斯（Atlantis）。此处位于地表极西的"赫拉克勒斯之柱"（Pillars of Hercules）的所在地，据说面积大于亚洲和利比亚的总和，住民则由某一神族繁衍而成，统治者所施率为仁政。考证家相信，亚特兰蒂斯的蓝图可能借自"乐岛"（Elysium）的古传说，因为该岛在神话中亦位于大西洋的极西之处，而且是善良者亡魂永保平静的极乐之地。

柏拉图规模最大的乌托邦蓝图，当为众所周知的《理想国》（The Republic）。这个"国家"典章制度完备，立国理想周全。柏拉图相信，人类的理智只要能发展到某种程度——亦即兼具各种"理性"精神——"理想国"不是不可企及的空谈。他所谓的理性精神，当然包括人对宇宙，对诸神，对社会，对彼此，乃至于对自己的态度。以理性、秩序与美德为架构基础的社会，当然需要完整的制度规划折冲，所以柏拉图发展出层分三级的一套阶级体制，并为各阶级筹谋职责与义务责任。国家乃凌驾于个人之上，但国家也负有化育童稚的重责大任，需为一切经济社会活动负责，更要施出铁腕维护人民权益。就某种意义而言，柏拉图的理想国一点也不讲情面，人群也不过是孜孜劳动的社会蜂蚁。说来有趣，西西里总督叙拉古（Syracuse）曾邀柏氏以所见施行于该地，但柏氏却发现障碍良多，乃大叹世人尚未准备齐全，尚未能接受他的"理想国"。从今人的识见看来，柏氏的理想国无异赫胥黎（Aldous Huxley）《美丽新世界》（*The Brave New World*）的先声，非但不是"乌托邦"，抑且是"反乌托邦"（Dystopia）。

希腊后期传记家普鲁塔克（Plutarch）可算是后辈中最推崇柏拉图的古贤。他对于道德伦理的重视，绝不让柏拉图专美于前。普氏毕生大作《希腊罗马名人传》（*Lives*）与《人伦表率》（*Moralia*）立下了许多行为规范，希望读者能恪遵奉行，甚至超迈成圣。他在写吕库尔戈斯（Lycurgus）的生平时，不仅画出一个群伦表率的王者风范，同时也镂刻出心中的国家典范。这个国家虽然已经成为历史的陈迹，但由此不难揣知普氏之见，"乌托邦"不是空泛的口号，而是可以成为生活一部分的政治实体。不论柏拉图或普鲁塔克，都认为人类应以理性思维：苟日新，日日新，臻至人格化境。如此一来，理想社会求之何难？乌托邦的理想指日可待。他们有人要在昔日里见典型，但都同意"进步"的论调，不以为"完美"只是书生之见。倘要奋进求得乌托邦，人人都应该分工合作，以阶段性的走向朝"进步"前进。自柏拉图以还，"进步"与"完美"就变成了乌托邦思想的两大要观。

希腊文化和希伯来文化共时发展：一边还在以人类的理智（nous）作为乌托邦论的强调时，一边却走向耶和华，以超自然的存在体作为人类命运的决定者。概略言之，希腊人比较重视自身的能力，由此追寻"完美"。然而，希伯来的作家只承认"神"为通往幸福的大仁之道：《旧约》中，犹太人懵懵懂懂预见了自己的"应许之地"及其中的富饶，但他们在沙漠中迂回前进，一心想要进入这个乌托邦的希望，却系于自己对耶和华的信心与服从。

以色列的子民最后确实进入了应许之地，开始繁衍，但是生命中的罪恶却也未尝离身。大卫王统一以色列各族，所罗门王把国力带到顶峰。以色列富甲一方，荣宠集于一身。然而正是因此，犹太人开始觉得生命还是有不完美的地方，幸福似乎没有真正降临身上。就在他们自相残杀之际，外族已经枕戈待旦，虎视一旁。尽管如此，战胜的一方仍然歌舞不休，甚至倒向异教崇拜。先知再也难忍，随即现身，警告以色列亡国不远，巴比伦、亚述与其他国家的铁骑也已逼近。

以色列人败行恶德，先知一再出言诟责。以色列人大祸临头犹不自知，先知却频频示警讥刺。在此同时，这些希伯来先知另行发展出一个截然不同的乌托邦观念——一个物质与经济条件远逊于道德与精神强调的乌托邦。阿摩司（Amos）、何西阿（Hosea）与耶利米（Jeremiah）联手攻击以色列人的颓废与败德，并昭告"新耶路撒冷"（New Jerusalem）即将从旧城的断垣残壁中崛起。可是，来日的这个新乌托邦不会以奶和蜜示现，反而有赖人心彻悟，人类重回耶和华的怀抱才会再变成以色列人的第二个桃花源。信心坚定，社会必然和谐，牧歌与简朴的生活情调并不难求。在新耶路撒冷，"神"与万民同在，和谐共存。这简直是伊甸园再现。

三大预言家所做的乌有大梦在《以赛亚书》里表现得最为优美。第二位以赛亚（the Deutero Isaiah）早已预见了一个"王"，看到了一个"弥赛亚"（messiah）。未来的完美国度即将由他治理，人性与兽性也会发生巨变，而新耶路撒冷即将以"和平"和"爱"征服世界。"剑"不是这个新乌托邦的凭借。至于后世的预言家则强调：现世的天国败亡之后，新的精神王国就会现形。这些处处显灵的预言家中，但以理（Daniel）最特立独行。他具有天启灵见，可以照破奉行异教的累世历朝。

年复一年，以色列的子民翘首期盼弥赛亚降临。最后拿撒勒人耶稣出现，宣告一个属天而不属地的王国。古先知预期的精神乌托邦的确存在，但弥赛亚却告诉众人要坚定信心，"死后"才能抵达这个俗称"天国"的化外之地。在上帝的国度，永生并非不可能。耶稣如此信誓旦旦，不啻在结合希腊人与希伯来人的许多乌有大梦，其内容包括奶与蜜之地、柏拉图灵魂化境的灵见，以及以赛亚的启示宏言。耶稣后来上了十字架，但其教义却由使徒保罗（Paul）续作诠释。保罗读过柏拉图的著作。他除了以此作为诠释基础外，还附以圣约翰的神秘启示。

　　基督教时代前数百年，耶稣的门徒相信救主迅即重返人间，为其追随者建造一座"天城"（Heavenly City）。其所在地可能是历劫后的人世，也可能是佳音频传的天阙。岁岁年年都已过去，但救主"再临"（the Second Coming）却令人望断秋水。此时教会的奠基者不得不采取行动：他们接收前人的乌有大梦，凭空编造出一个交含着历史与末世神话的信仰系统。有些教徒把时间与史序追溯到伊甸乐园，像亚历山卓的克莱门（Clement of Alexandria）、尤西比乌斯（Eusebius）与杰罗姆（Jerome）等人便如此"向后看"，同意世人应以回顾的态度看待乌托邦的问题。尽管如此，古教父（Church Fathers）中也有不此之图者：他们宁愿"向前看"，等候救主在人间建立一座基督王国。费里克斯（Minueius Felix）、奥洛修斯（Orosius）和奥古斯丁（Augustine）就坚弹此调。

　　古教父的见解，当数奥古斯丁最重要。他本为异教徒，在北非受过教育。改宗之后，倒为乌托邦思想的古典时代谱下休止符。他广泛阅读柏拉图，深为其人折服。他又是耶稣的忠贞牧民，拳拳服膺。两种思潮最后汇流在奥氏的神学名作《上帝

之城》（*The City of God*）里，所以我们可于其中见到基督理想
与披金沥沙后的异教伦理、历史与哲学。伟大的罗马盛世，在
歌德人与匈奴铁骑之下夷为平地。眼见及此，奥古斯丁不禁回
想到但以理与圣约翰对世俗帝国的预言。所以他进一步领识到
人世大劫迫在眉睫，而希伯来导师却早已预言非赖天主重临以
建立精神王国不可。奥古斯丁摩挲《新约·四福音书》，从耶稣
的行谊生出信心，而且相信"他"就是新耶路撒冷的统治者，
是天主所造的"第二个亚当"，奉主之命前来与人类续订"前
约"。在柏拉图的著作里，奥古斯丁则认识了一个不为时限的
"理想国"。人类只要行谊得当，便可在此一国度悠游自在，无
虞其他。奥古斯丁又认为，罗马帝国一夕崩解，可见虚空的尘
世乌托邦不可靠，所以只重经济与政治权势的香格里拉不可能
长治久安。《上帝之城》里没有悠扬的牧歌，也没有异教的权
术倾轧，可是这确实是一个"乌托邦"。天人合而为一，万福在
其中，永乐也在其中，人类夫复求之？

可惜的是，奥古斯丁的话言犹在耳，上古世界的乌托之邦
就已合上大门。走下历史的台阶，烟云里迎面而来的是另一个
时代的乌有大梦，是中世纪的乌托邦。这里面谲变万化，但已
经不是本文的叙述范畴，有待来日再赘。

人文主义：伊拉斯谟与莫尔的友谊

　　台湾某报纸增辟《人文版》以来，的确为台湾文化界提供了一个新的文化空间，不仅需要"实实在在"对当前社会投以"关爱的眼神"，也得执着于版名所传的跨时代与跨国界的文化讯息，舒缓台湾社会的重利思想与政治杀伐。时迄于今，"人文"两字已非复古精神与宗教手段的代名词，而是一种直指人心的社会与文化价值趋向。西方史上，英国是最后接受文艺复兴洗礼的国家，却也是最早确立上述"人文"定义的地区之一。媒体所称"人文"或许心灯系此，至少潜意识本源应该与之有关。

　　众所周知，英国文艺复兴的触动者乃荷兰学者伊拉斯谟（Desiderius Erasmus）。他和英伦挚友托马斯·莫尔（Thomas More）里应外合，把人文精神推到西方文化的另一高峰。伊、莫两人功在历史，平生知己更为人羡，或可戏称之为"人文版的友谊"。1498 年，伊拉斯谟从巴黎大学的蒙太古学院毕业，其后首度浮槎西去，航向英伦。船在多佛泊岸之际，英吏以英律故，强行没收伊氏随身携带的银钱，令他败兴异常。不过伊拉斯谟并未气馁，往后仍然再三西引，而且一趟比一趟走得愉快。当时英国名人如乌尔罕（William Warham）与费舍尔（John Fisher）出钱出力，不断邀他到访。尽管如此，伊氏欣然成行的动机应该还是初访英伦即结识的莫尔与柯尔特（John Colt）两人。他们并称瑜亮，每每促膝长谈。柯尔特任教于牛津大学，不但安排伊拉斯谟前往讲学，往后还劝他献身《圣经》与古教父著作的研究。此时莫尔志在政法，而且就在伊拉斯谟访英前五年，方才尊父命自牛津转学到伦敦的新公学（New Inn）。后者无异于一般大学，不同的是法学乃授业专科。不论在牛津或在新公学，莫尔都是超人一等的优等生，1501 年又通过资格考试，登坛执教。他首会伊拉斯谟，是在一位彼此都熟识的朋友家中，时间约在 1549 年到 1550 年间。这次会晤乃人文思想史上的大事，两人一世的友谊自此奠定。现代学者无不认为以英人论，莫尔对这位北方文艺复兴巨擘的影响力可能远在柯尔特之上。初晤之时，莫尔年方二十七，足足比伊氏小了十二岁。

伊拉斯谟首度留英，时间不过两年，再访旧友，已是 1505 年。他拿出许多搜集而来的希腊、拉丁旧籍，供英人重印，同时也开始校勘《新约全书》的拉丁与希腊文本。隔年伊氏离英，往游意大利，在杜伦大学获颁神学博士，又与意大利文艺复兴时期的重要人物订交论学。虽然如此，他仍然心系伦敦的故旧，尤其是莫尔。意国行故此落落寡欢，伊氏决定三返英伦，而且说走就走，在1509年搬进莫尔宅第暂住。这一年，他克服多年宿疾，完成了毕生——也是文艺复兴时代——最重要的讽刺文学的经典之作《愚人颂》(*Encomiun moriae*)。

这本书虽在莫尔家中撰成，构想其实早先一年即已成形。当时伊拉斯谟掉转旅骑，正准备从意大利三访三岛。就在跨越阿尔卑斯山时，他想到莫尔，进而又联想到挚友姓氏的希腊文形式正是"愚人"(*moria*)之意，乃思借为书角，讽时嘲世，揭露人性。船靠英国后，莫尔殷勤接待，伊氏火速完成《愚人颂》各卷。莫尔还不仅是成书灵感，也是该书第二部的"要角"，乃人类自以为是的愚行的反面英雄。

《愚人颂》谈到"欺骗"的乐趣时，伊拉斯谟移花接木，让笔下愚人的口中道出一段莫尔的个人糗事，而且说得神龙活现："我认识一位和我同名同姓的人；他很喜欢在生活上作弄别人。再娶之后，他送夫人一些仿制的珠宝，还硬说是真的，吹牛说是价值连城。这女的竟然相信了，兴高采烈把这些玻璃珠子收藏起来。丈夫这下得意了：自己省钱了事不说，也享受到愚弄妻子的乐趣。这位妻子自此死心塌地，忠贞不贰；一般丈夫花大钱买重礼，所得也不过如此。"

愚人所刺的"丈夫"，当然是莫尔。不过莫尔了解自己成为朋友取笑的对象后，不仅不以为忤，还开怀大笑。就在伊拉斯谟住进莫府前不久，这位英国时贤的夫人刚才去世。他后来誓死反对亨利八世离婚再娶，自己倒是在夫人殒天月内就续弦另娶。史家认为，伊拉斯谟在《愚人颂》内所刺之事多有根据，后世发现的伊氏书信也显示他对莫府大小之事都了如指掌。《愚人颂》因莫尔成书，又撰就于莫府的广宅巨邸中，可想扉页上必然题着"献给莫尔"数字，何况部分内容的蓝本根本是这位英王重臣的家居。

另一方面，莫尔也因结识伊拉斯谟而构设出《乌托邦》（*Utopia*）的叙事间架。我们至少可说由于伊氏之介，莫尔认识了翟尔仕（*Peter Giles*），而此公不是别人，正是《乌托邦》这部虚构作品里的历史实人。莫尔在 1504 年进入英国国会，在伦敦政治圈开始崭露头角。他曾任该市法官八年，而且极其受知于亨利八世，出使过欧陆的低地国。在《乌托邦》首卷，莫尔写道：他之所以巧遇游历乌托邦归来的希瑟岱（Hythoday），系因"友人"翟尔仕穿针引线之故。希瑟岱可能是虚构人物，但翟尔仕乃伊拉斯谟向称得意的门生。他们因缘际会前后，翟氏正担任安特卫普（Antwerp）的地方官。莫尔爱屋及乌，形容挚友高弟博古通今、机智风趣又忠心耿耿。从《乌托邦》这条线往上觅，我们还可说若无伊拉斯谟，莫尔纵然写得《乌托邦》，叙述形态恐怕也有别于今本。

另一件有关这两位人文主义大师的往事，是他们曾由希腊文试译鲁欣安（Lucian）的作品为拉丁文，间接也为《乌托邦》预拟了情节。1505 年，莫尔和伊拉斯谟合译出鲁氏几首诗，随后伊氏即鼓励莫尔倾力精译《孟尼帕斯》（*Menippus*），而此书章法几乎就是《乌托邦》的先声。鲁欣安起笔严谨，首论友情，继而将全书导入某人在某一神话国度的经历，形式与内容都仿佛莫尔的后出之作。这又是伊拉斯谟和莫尔"人文版"友谊的另一见证。专攻莫尔的研究者，甚至怀疑"乌托邦"这个虚拟的希腊词为伊拉斯谟的杰作，因为莫尔原题并非此，而是拉丁文的 *Nusquama*（仍指"乌有地"）。

在政界，莫尔位居要津，朋友三教九流，时杰当然居多，荷兰大画家霍尔拜因（Hans Holbein the Younger）便是其一。1526 年莫尔初邀这位画坛硕杰为座上客，居间引介的依旧是伊拉斯谟。霍尔拜因为莫尔绘制全家福，也替他留下今日常见翻印的一幅肖像。经过伊拉斯谟一番引荐，莫尔佩服极了霍尔拜因的艺术，复推他为许多英国名人绘像，流芳后世。当然，这些肖像中最有名的一幅，仍推上述莫尔的肖像。在霍尔拜因笔下，他身材中等，褐发白肤，大眼灰蓝而面留微须。从性格上看，莫尔静水深流，除了奉遣出使外，一生罕见驿马星动。伊拉斯谟则屐痕处处，简直居无定所。不过他们都与方外有缘：伊氏是发过誓愿的天主教神职人员，而莫尔的学生生涯大多也在伦敦的天主教圈内度过。他们的差别是：伊拉斯谟虽然虔信教义，却好以言辞鄙薄僧院生活；莫尔则安之若素，视之为志节上的砥砺，日后还以身护教，对抗对他器重非常的亨利八世，演出电影《良相佐国》的情节，身后谥圣更在 20 世纪引起滔天巨浪。1520 年前后，伊拉斯谟已介入新旧教的纷争，驳斥过路德，也居间调停他和教会的争执。后世多以"基督宗教人文主义者"称呼莫尔与伊拉斯谟，指其回顾古典，志在本教，而心中所存亦人类文明的当下与未来。此所以伊拉斯谟因莫尔故而有《愚人颂》之作，此亦所以莫尔在伊拉斯谟的推介与鼓励下绘出了《乌托邦》的蓝图。

莫尔与伊拉斯谟情同手足，但论交方式绝非从前政坛改写定义的"肝胆相照"，也不是伯牙断琴的中国古风，而是一种谐谑中有宽容，歧异中见心契的风范。各有专业，但仍跨行扶持。莫尔与伊拉斯谟的互动为英国文化再生的契机，也鞭策出个人的杰作伟构。如此建设性与积极性的情谊，值得社会——我指的是政治与文化社会——深思。从历史的角度看，类此友谊恐怕也是文艺复兴时代留给后世的诸多正面遗产之一。称之为"人文版友谊"，谁曰不宜？

二十世纪西洋文坛之最十则

最擅长模仿的文体大师：乔伊斯

写作过的人大概都有过模仿的经验，就像画家临摹，书法家临帖。所以模仿的经验不难，难的也不是模仿得像不像，而是模仿中要有新意，模仿后要带创意。拿这个标准来衡量，20世纪恒河沙数的作家中只得一人。说起他，大名如雷贯耳，正是爱尔兰小说宗匠乔伊斯。

乔伊斯的代表作《尤利西斯》有不少章节是仿作的结果。第十四章最有名，通篇系由所谓"俳谐体"构成，也就是模仿历来名家体式，用表殊意。这种笔法，18世纪新古典作家也擅长，嘲时讽人，不时可见戏笔仿作。《尤利西斯》第十四章的立意并非嘲讽。布鲁姆是小说主角，故事发生当日，友人之妻在国立产院待产，他前往探望。此时情节涉及婴儿出生，乔伊斯由巫觋祝祷模仿起，终于现代英文，可以辨认的体式不下十余种。

我常觉得第十四章的仿作有意为《尤利西斯》别造某种史诗的格局。不错，乔伊斯整部小说就是史诗的仿作，差别仅在韵文变散文，不过章头的巫觋祷辞加深史诗的况味，其实已是另出的机杼。就情节观之，这些祷辞乃在迎接婴儿的出生，但和史诗的呼神式又关联匪浅，而后者是准宗教仪式，正是早期文学之所源。这些因素合而观之，祷辞后乔伊斯按时序谐仿文体的用意也就呼之欲出。这一系列的仿作不仅暗指胎结后生命的孕育，乔伊斯恐怕也有借仿作以寓言化爱尔兰国族与文学历史的双重用意。家史国史都是史诗的灵魂，上面我的推测倘言之成理，那么《尤利西斯》第十四章的文体仿作恐怕可以称为"史诗中的史诗"。

乔伊斯一向下笔如神，他对欧洲历代文体的模仿几可乱真，《尤利西斯》第十四章已成现代俳谑体的典型。这种典型，当然不是鹦鹉学舌就可以成就。其中包含着新意，这种新意又是创意的结果。我们读之没有陈腐之感，反觉余味无穷，正是现代感性的另一体现。

最重要的版本考订：《合校本尤利西斯》

1918 年，《尤利西斯》经庞德协助在美国的《小评论》上连载。这本小说乔伊斯前后写了八年，往往边登边改，所以后出转精，从结构到文体都曾大幅更动。再因书中有些当时少儿不宜的情节，庞德和《小评论》的主编为免法律困扰，擅动刀剪，代为编辑。不过他们计未得逞，禁者照禁，倒是为后来的编者制造了些麻烦。所以从 1921 年巴黎初版以来，所有研究乔伊斯的学者都弄不清《尤利西斯》是否有所谓的"定本"。

这一点，乔伊斯生前也忧心忡忡，而且抱憾以终。好在 1984 年德国学者葛伯乐（Hans Walter Gabler）伙同一班学者比对手稿和相关资料，出版了《合校本尤利西斯》（*Ulysses: A Critical and Synoptic Edition*）一书，乔伊斯心愿终于得偿。新版修改旧本多达五千余处，据称乃是最贴近乔氏"原意"之作。葛氏的修改，又不仅包括拼字标点之类，同时更修复了一些不当的删节。对乔伊斯来讲，拼字标点常寓深意，所以若有"手民误植"，可能形成严重的诠释问题，更何况是大段情节的遗漏。而葛伯乐就有这种能耐，可以寻回失落长达 60 年的细节。

《合校本尤利西斯》问世之后，很快就取代了历来各本，迄今已成学界公认的《尤利西斯》"定本"，至少是"订正本"。不过这本书的权威也曾遭人质疑。1988 年，美国学者基德（John Kidd）就曾撰文抨击葛伯乐的方法不当，反为《尤利西斯》制造新谬。他言之凿凿，世纪美谈差点变成世纪丑闻。好在葛伯乐兵来将挡，1993 年发表长文为自己辩诬，《合校本》的地位犹屹立不摇，1986 年兰登书屋的新版《尤利西斯》仍旧萧规曹随。

最痴情的作家：菲茨杰拉德

还记得电影《了不起的盖茨比》（*The Great Gatsby*）里雷德福德（Charles Robert Redford, Jr.）饰演的盖茨比（Gatsby）吗？日薄崦嵫，他西装革履站在长岛一隅，极目眺望对岸薄雾轻纱里的一盏绿灯。20 世纪文学史上最动人的一页，就在这灯火明灭中展开。这里有盖茨比的爱，有《了不起的盖茨比》作者菲茨杰拉德（F. Scott Fitzgerald）的情。

绿灯象征盖茨比所爱的黛西（Daisy）。他们有情无缘，小说最后以悲剧收场。现实里的菲茨杰拉德则好一点，他追求所欢泽尔达（Zelda），有情人终成眷属。不过过程曲折，感人处丝毫不逊《了不起的盖茨比》。菲茨杰拉德生于美国中西部的圣保罗，家境不恶，但是祖上出身爱尔兰贫农，让他感伤不已。从小到大，菲茨杰拉德一心向往高雅的有闲人家，心中的美娇娘自然是衣带飘飘的风中琪树。1918 年他在阿拉巴马州初遇泽尔达，惊为天人，就是因为这位高等法院的法曹之女完全合乎他对玉女的想象。

他们很快坠入爱河，互定终身，不过故事也才开始。菲茨杰拉德其时兵役未除，尚无藉藉之名，前景暗淡。泽尔达虽然欣赏他的才气，却不愿意把命运押在一位前途未卜的穷作家身上，于是哭着毅然解除婚约。对菲茨杰拉德而言，这无异晴天霹雳。午夜梦回，犹有锥心之痛。退伍后，他认清事实，知道再不努力名利双收，心中玉女就会琵琶别抱。于是重返圣保罗老家，伏首案前，把胸中所贮发为文字。处女作《人间天堂》数易其稿，此时终于拍板定案，出版社的合同也跟着到手。

1920 年初，菲茨杰拉德拿着一大笔稿费，顶着小说新人的光环，鼓起勇气再赴阿拉巴马州。4 月，他终于赢得美人归。这般锲而不舍，情深款款，其实就是薄暮灯前对岸一隅盖茨比的部分写照。

最刻薄的作家：海明威

历史上讲话刻薄的文坛名人不少，18 世纪的伏尔泰（Voltaire），19 世纪的王尔德，甚至是 20 世纪的萧伯纳（Henry Bernard Shaw）都是个中高手。他们妙语如珠，机智外常带犬儒。那种"刻薄"是不满世态，是反抗人情。我这里所谓"刻薄"，却是指中山狼或怀中蛇那种忘恩负义的恶言相向。犬儒式的刻薄高手不少，但是忘恩负义下，"恶言"还要说得"含蓄"，放眼上一个百年，大概只有美国作家海明威（Ernest Hemingway）当之无愧。

且举个小例子。海明威有个短篇小说《乞力马扎罗的雪》（*The Snow of Kilimanjaro*），其中的作家主角曾经大发议论，暗指菲茨杰拉德对于"财富"每生"敬畏"，"浪漫"至极。这位主角话锋一转，接下又谈到菲氏的《富家子弟》（*The Rich Boy*），强调这篇小说居然用"富人和穷人就是不一样"破题，令人称奇。

《乞力马扎罗的雪》的引文和海明威这句"浪漫的敬畏"看似平淡，但在行家眼里却是天大讽刺，是海明威在讥刺菲茨杰拉德拜金倾向严重。这也没错。上文谈到菲茨杰拉德对如夫人泽尔达赤诚悃悃，一大原因便在他对上流社会乃衷心崇拜。对菲茨杰拉德而言，"财富"确实是"成功"的代名词，也是爱情永不褪色的保证。

我说海明威"刻薄"，乃"刻薄"在菲茨杰拉德原来对他有恩。1925年前后，海明威自欧返美。他在文坛虽非吴下阿蒙，此时人脉不广却是事实。菲茨杰拉德从朋友处读到海明威所写的小说，欣赏有加，赞叹不已，不但代为推荐，金钱上也曾有所挹助。三年后海父亡故，菲茨杰拉德甚至代垫旅费，让海明威从外州一路回到伊利诺伊奔丧。我们可以说，没有菲茨杰拉德，海明威的作家梦不会圆得那么顺利。我们也可以说，没有菲茨杰拉德，海明威的生活或许会苦一点。

妻子最美的作家：米勒

1956年玛丽莲·梦露下嫁剧作家亚瑟·米勒（Arthur Miller），举世喧腾。原因不在一个曾使君有妇，一个又罗敷有夫。众口一声，为的是他们乃典型的才子佳人会。梦露是性感女神，倾倒众生，米勒则为梨园名笔，技压群雄。他们绝非新闻界所谓的"身体和头脑的结合"。

梦露遇见米勒，说来还拜前任男友卡赞（Elia Kazan）之赐。卡赞是著名导演，早就认清梦露扮演情人比扮演妻子称职，所以 1951 年米勒从纽约来好莱坞发展时，毫不犹豫便把女友介绍给新友。其时梦露尚未成名，但影坛天后的架势已经明显可见。米勒更非省油的灯，两年前早以《推销员之死》（*Death of a Salesman*）获颁普利策戏剧奖，在文坛上扬名立万，红得发紫。他早有家室，虽然竭力控制自己，和梦露握手时，仍然感受到排山倒海的悸动。梦露呢？尽管两人再相会已是数年后，米勒魁梧的身影每令她心生安全感，几乎也是一见就倾心。再相会之所以需要数年，因为中间梦露嫁给了美国的国家偶像，亦即棒球明星迪马乔（Joe DiMaggio）；而米勒除了婚姻问题外，同时也卯上了麦卡锡主义（McCarthyism），时有触法之虞。纽约和好莱坞地隔万里，两人却很少漏掉媒体上彼此的消息，鱼雁往返频繁。1954 年某日，梦露翩然东访，米勒再也难抑相思之苦，两人遂各自结束第一次的婚姻，然后在政府裁定米勒左倾有罪后不久携手共组家庭，希望白首偕老。

那年时序已经进入 1956 年。"白首偕老"当然不可能，别忘了卡赞早就说过梦露可以是情人，不宜当妻子。米勒和梦露婚后才五年，果然又以离婚收场。不过他们之前虽常起勃溪，却更冀盼彼此多妥协。米勒为妻子勤写剧本，借此稳定她天生的不安，而梦露也想怀孕生子，巧扮贤妻良母过一生。这样简

221

单的梦想，最后还是让酒精和安眠药给摧毁。尚可庆幸的是，这对举世瞩目的金童玉女毕竟诚心相爱过。

官最大的作家：哈维尔

作家当官不是新闻，所谓"文化部长"通常是他们出名后的下场。例外只得两个。一个是英国的丘吉尔，当作家前就已经官拜首相。一个是捷克的哈维尔（Václav Havel），身任总统要职，最大的愿望却仍然是写戏。

人生当真如戏。苏联解体之前，提起哈维尔，我们只知道他是个有异议的作家，荒谬剧作无数。那么朱洪武如何坐上大位？哈维尔并非马上得天下，他的秘诀是坚持道德立场。第二次世界大战前，哈维尔生于富裕之家，但共产党解放布拉格后，他一夕间只剩下栖身地，连上大学的机会也没有了。白天一到，哈维尔开计程车维生，夜里则进学校充实自己。为了整理思绪，他开始写作。20 世纪 60 年代初进入布拉格的栏杆剧场后，又和编剧结下不解之缘，所作在幽默中见辛辣。

哈维尔的富家子身份，注定他成为批斗的对象，而他对腐败与丑陋也冰鉴洞悉，常在舞台上予以揭发。双方较劲，结果当然是哈维尔的著作饱受摧残。然而他毫不畏缩，仍然勇往直前，言所当言。到了 20 世纪 70 年代中期，哈维尔在政治上已经是意见领袖，在文学上则变成捷克国家文学的代言人，更是全欧荒谬剧场的要角之一,《园游会》(*The Garden Party*)与《备忘录》(*The Memorandum*)等剧作备受国际注目。

说来也就在这段期间,由于政治上的原因,哈维尔锒铛入狱,而且一待就将近四年。系狱期间,他给太太写了一整本的《给奥尔加的信》(*Letters to Olga*),今天读来犹赚人热泪。1984 年出狱后,哈维尔对赫拉肯尼古堡中的强硬派大肆抨击,自己也从异议边缘逐渐走向中心。1989 年东欧巨变,11 月"布拉格之春"重临,所谓"丝绒革命"一举把哈维尔送进赫拉肯尼堡,使他变成半个世纪以来捷克首任的民选总统。

丘吉尔写得一手典雅的英文,但他心系官场。哈维尔位居元首,却无时无刻不想进剧场继续粉墨人生。刚当选总统没多久,他就很坦率地对前来采访的记者说:"你知道,这不是我的本行。"

生命际遇最不幸的理论家:本雅明

否极泰来乃世态常情,犹如乐极总会生悲。所以本文的标题改为"最幸运的理论家"也无妨,因为本雅明今天在文学批评界的影响力之大,德国学者无可比肩。说本雅明倒霉、不幸,我毫无取笑之意,有的反而是惋惜,恨天地不全。

本雅明确实不幸。他是犹太人,第二次世界大战前纳粹控制全德那一刻,他就明白自己必须离乡背井,漂泊在外。那年他才 41 岁。1939 年战争全面爆发，本雅明托身的巴黎再遭纳粹攻克。他仓皇离开，迤逦南下，和一群犹太难民越过法国与西班牙边境，打算渡海逃往美国。此时西国守军出现，他们纷纷被捕，准备原队遣返。第二天奇迹却出现，守军当局居然准许他们如数入境。然而令人扼腕的是，逃抵当晚，本雅明自忖义无再辱，早已自杀身亡。

死亡的时候，本雅明才不过 48 岁，正值思想成熟的一刻。他当时虽已薄有文名，没料到身后的今天才暴得大名。这当中当然有阿伦特（Hannah Arendt）、德里达与德曼（Paul de Mann）等人的殷勤眷顾，而他自己的思想幽微深邃，曲折复杂，更是主因。身为犹太人，本雅明难免沾染上宗教性的神秘色彩。他又是马克思的忠实信徒，拳拳服膺唯物主义。所以整个人一面是唯心的救赎论者，另一面却是精神破产的废墟美学家。两种身份互为凿枘，却又互相纠葛，形成所谓"恐怖平衡"的世纪人文景观，而这或许也只有后现代这种物质与精神文明交战的社会才能欣赏。

世纪交替，但本雅明的影响力持续发酵，跨越世代可以想见。我更可以预期在尤属语言与终极关怀等批评思想上，本雅明势必再垂拱数十年。他英年早逝当然不幸，但身死精神却未死，何尝又非大幸？由此看来，我的标题确宜改为"最幸运的理论家"。

最长的长篇名著：《追忆似水年华》

普鲁斯特（Marcel Proust）和乔伊斯有同样的烦恼：他们各自的代表作常常出现"手民误植"的情形。乔伊斯爱玩文字游戏，排版工人不解风情，问题自然多。普鲁斯特不一样，《追忆似水年华》（*A la recherche du temps perdu*）往往因为小说长，所以问题多。全书共分 7 卷，洋洋洒洒 200 万言，塔狄（J-Y. Tadié）所编的法文标准本和蒙克里夫（C. K. Scott Moncrieff）等人所译的英文本都超过 3000 页。中译本呢？联经版多达 7 巨册，动员的译家不下十余人。那么本世纪当真没有小说比《追忆似水年华》还要长？当然有。不过若从小说的经典地位来看，除非奇迹出现，否则 20 世纪结束前，西方世界不可能会出现字数更多的作品。

说起《追忆似水年华》的创作根源，我们还是得从普鲁斯特谈起。这是一位"今之古人"，也就是说《追忆似水年华》虽成就于 1908 年到 1922 年的 20 世纪，整部小说的品位与感性却仍然停留在前一个世纪。普鲁斯特出身富室，受过高尚的 19 世纪教育，也曾活跃在高级社交圈里。可是他自幼体弱多病，三十来岁上又气喘缠身，不能接触屋外的空气，只好自我监禁，终生退守一间软木塞与布幔围起来的巴黎公寓。除了照料起居的女管家外，普鲁斯特罕与外界往来。即使《追忆似水年华》的撰写后期，欧战已经爆发，他依然故我，小说中战争的影子并不强。"蜗居"若此，不要说普鲁斯特只能生活在19世纪，连《追忆似水年华》也只能建立在飘飘然的"追忆"上。

《追忆似水年华》的叙述者是某第一人称的"我"，整部小说也写他自幼及老的成长过程。这位"我"多愁善感，神经兮兮，早年父母的宠爱反倒造成成年后人际关系的失调，自己花了段好长的时间才体会到身外还有人。这么看来，整部小说似乎带有普鲁斯特的自传色彩。确实如此。不过我们也不要以为这位"我"百分之百就是普鲁斯特，两人还是有不少差距。现实生活里，普鲁斯特经验贫乏，"我"却思绪烂漫，回忆里多彩多姿。两人当然有更多的相似点，明显可见的是他们追忆往昔的能力特强，而普鲁斯特所凭借的也就是这一点，因此他才能巧把《追忆似水年华》由初稿的1500页拉到完稿时的超过3000页。

最具影响力的批评流派：新批评

20世纪的文学批评百花齐放，和世纪之前静止的千年岁月极不搭调。20世纪也变幻莫测，批评理论的花朵很少活过30年。像新历史主义，从花开到花落，恐怕不出五年或十载。话说回来，20世纪仍然有两个批评流派典范长存：表面上或许式微，影响力却已深烙人心。这两个派别一是新批评，一是解构主义。

用德里达的话来讲，解构主义的思想之一是"文本之外，一无他物"。德氏之见，其实不是凭空冒出，基础正是20世纪60年代在西方几乎已销声匿迹的新批评。从20年代到60年代，新批评活过40年。不过生命长短不重要，重要的是此一流派承先启后的"本领"。20年代以前，版本考证和传记研究乃文学批评的整体。新批评则扭转这种现象，把文学——尤其是诗——还原为文学，从外缘思考拉回内里的探讨。虽说同时的实用批评和俄国形式主义也有筚路蓝缕之功，但是两者都经新批评阴里阳外的怀柔，从而转化成为以文学为本体的理论意识形态。

兰塞姆（John Crowe Ransom）是新批评的定调者，而"新批评"一词也是1941年他一本书的书题。既然强调文学的本体，新批评难免要求文本的细读功夫。从兰塞姆到为新批评打下学院江山的温塞特（William Kurtz Wimsatt, Jr.）、华伦（Robert Penn Warren）与布鲁克斯（Cleanth Brooks），他们对作家本身不闻不问，任其由批评客体的范畴消失。政治或社会背景更是视若无睹，以为无关文学的宏旨。60年代结构主义崛起，新批评开始向文坛说拜拜。然而从结构到解构，批评家仍然唯文本是问，仍然没有跳出新批评的手掌心。

20世纪有近三分之二的时间，新批评笑傲其间。即使潜踪蹑迹，还是借尸还魂，在文坛上神出鬼没。不过噩运终于来临。七八十年代之交，后殖民论述出现，政治进入文学。文化批评继之在世纪末风起云涌，文本外缘的作家与社会关系重出，又成为批评家的思考焦点，历史遂又走回从前。即使如此，以世纪百年的生命岁月来算，新批评仍然称得上是理论界的人瑞——且不说其徒子徒孙的结构和解构还为其延长了 30 年的生命。

最感人的友谊：威尔森与菲茨杰拉德

谈起美国批评家威尔森，西方文坛无人不知，无人不晓。他慧眼独具，下笔犀利，向来是理性用事。然而他也是条血性汉子，可以为朋友两肋插刀。1940 年底，菲茨杰拉德心脏病突发，英年早逝。威尔森一肩扛下未竟之作《最后的大亨》(*The Last Tycoon*) 的整理工作，又为老友整理遗文，编成《陨落》(*The Crack-Up*) 一书，追念之情表露无遗。

威尔森和菲茨杰拉德订交，始于 1916 年的普林斯顿大学。那年秋天菲茨杰拉德返校复学，满心要在文坛出人头地。威尔森入学比他早，但两人相谈甚欢，旋即结为莫逆。菲茨杰拉德时常过门请益，威尔森也不吝赐教，一生遂变成菲氏的"知识良心"。1921 年，菲茨杰拉德往游巴黎，威尔森建议最力。1924 年再游归来，《了不起的盖茨比》问世，威尔森又撰文评介，向文坛极力推荐。

不过威尔森并不认为《了不起的盖茨比》是菲茨杰拉德的成熟之作，《最后的大亨》才是。1941 年菲茨杰拉德猝死之际，后书才完成四分之三，而且手稿凌乱，要怎么收尾，也只有一些纲要提示。威尔森再三展读，确定历来写好莱坞的小说中无出此书之右者，旋即应请为老友修葺补苴。他夙夜匪懈，全力以赴，《最后的大亨》遂在 1942 年底编定镌就，菲茨杰拉德又得一传世伟构。20 世纪大小说家的地位，老友其功不小。

菲茨杰拉德身后萧条，最令人感动的是，威尔森编书时曾致函史克莱那（Charles Scribner's Sons）出版社，为故人子女索赠 500 美元，自己的编辑费则分文不取。他的要求遭拒，因为菲茨杰拉德透支版税，生前早已积欠了一屁股的债。虽然如此，史克莱那的总编辑柏金斯（Maxwell Evarts Perkins）还是深受感动，终于集资帮助菲茨杰拉德的女儿上大学。

菲茨杰拉德去世之后，威尔森抚今追昔，惊觉韶光已逝，人届中年。他虽然豪情不减，下笔犹慷慨激昂，但是失落感已然形成。在《陨落》的扉页，他赋诗一首，伤朋悼己，说菲氏既殇，往后自己也只能在"残柯朽木"中苟且偷生。

秋坟唱诗，怎知是厌做人间事？
——漫谈西洋文学传统里的"名鬼"

　　一部广义的西洋文学史，其实不比一部中国史来得短。要谈西洋文学里的"名鬼"，我们一面得往犹太／基督宗教的传统中找，一面还得在希腊罗马的历史里寻。上盱下衡，这整个大传统大概可以溯至三代以上。然而尧、舜是传说，犹太人和基督徒却不以此视亚当和夏娃：两人都是信史的一部分。要谈"鬼"，如果定义再扯宽些，那么打开《旧约·创世记》，我们就可以看到西方信仰和民俗里他们的蛛丝马迹，鬼影幢幢。

　　我说"蛛丝马迹"，因为亚当夏娃要到"堕落"后才会死，"鬼"字如果指中国人所谓的"亡魂"而言，则"堕落"前伊甸乐园里不可能会有"鬼"。但是如果再按中国标准把地狱精魂笼统称作"鬼"，那么《创世记》除了造"人"外，上帝其实也在"创造鬼的世纪"。第三章写人类违背天命，因为夏娃听信"蛇"的话，摘取"善恶树"上的果子吃。她和亚当咽下果肉那一刻，《圣经》就开始"鬼话连篇"了。

这话可分两头说。首先，这条骗人的蛇到了《旧约》后头就开始变形，在《新约》结尾又和"撒旦"（Satan）搭上关系，使之变成民俗传说里魔"鬼"的源头。其次，上帝造人后，可是警告过善恶树乃致命树，吃了树上果子，永生不再，死亡降世。亚当夏娃活了近千年，《创世记》说他们最后还是难逃大限，而死亡一到就要朽化入北邙。可惜《圣经》没有交代亚当夏娃魂兮所归是"天堂"还是"地狱"，后世的作家除了但丁以外也罕见追问者。蛇的真身撒旦既然是让人变鬼的罪魁祸首，当然也在劫难逃。至少在《新约·启示录》中，他已经住进了地狱。中文糅杂佛语和本土字词称之为"魔鬼"，其实是把他既属"魔"又是"鬼"的身份一箭双雕了。

撒旦的故事当然不会这么简单。在受造物的分类上，他非但不是"人"，最早的概念还应该归纳为"矿物"，因为他是颗"晨星"，有个名字叫"露西法"(Lucifer)。不过古人往往好把星宿灵命化，撒旦就像迦叶于释迦一样说是上帝座下的大天使，而天使乃人类之上第一等的受造物。当然，撒旦不像迦叶是个好弟子，《以赛亚书》第十四章早就哀叹道："露西法"你这早晨之子啊，／为何竟从天堕落？"天主教的古教父更是首开风气，把这沉沦天使视同"撒旦"，说他曾带领许多天使反出天庭，向上帝宣战。露西法或撒旦遂成为"堕落的天使之王"（prince of the fallen angels），是"黑暗的王子"。《路加福音》

里，耶稣有次就当着门徒见证道："我曾看到撒旦从天上堕落，像闪电一样。"

撒旦为什么这么倒霉，一面带头诱人进入鬼域，一面又变成"堕落天使之王"，也就是变成地狱群魔或群鬼之首？撇开宗教与文学不谈，我想这是个语言上的误会。《旧约》用希伯来文写成，除了《约伯记》的楔子以外，"撒旦"这个音一直不作拟人解，只有"敌人"或"对抗者"的内涵。《约伯记》纵然把普通名词专有化，有的《圣经》学者还是以为这是后人的伪作，经文最早并不作如是用。不过不论如何，"敌人"或"对抗者"的意涵也已经够呛了，足以引人转喻为普通名词，化之为忤逆心意的隐喻。妻子若专和自己唱反调，我们不是常说"你是我心里的魔鬼"吗？歌德写的《浮士德》（*Faust*），里面有撒旦的族裔梅菲斯特（Mephistopheles），诗人就说他是位"否定的精灵"：你说"是"，他偏说"不"。16 世纪英国剧作家马洛（Christopher Marlowe）也写了一出同名的戏，魔鬼的专职在收买灵魂，诱人反对上帝，失去对神的信心。和歌德所写一样，这出戏里的魔鬼也有心理学上的涵意，是人类"恶念"的化身。

撒旦的名气大，然而歌德或马洛都没有把他具象化得淋漓尽致。这方面，17 世纪英国诗圣弥尔顿虽非第一人——因为《失乐园》里撒旦的刻画可能受到中世纪长诗《开天辟地》（*Genesis*）的影响——不过弥尔顿刻画得最好，而这倒是举世公认。他把撒旦写成心比天高的孙悟空。尽管身为大天使，位居一神之下，万神之上，但仍心有未甘。用杨耐冬所译《失乐园》中的话来说，撒旦认为要他"卑躬屈膝"向上帝"祈求恩典"，无异就是"自甘堕落"。他反出天庭，为的是不愿屈居老二，所以又说"在天堂做奴役，倒不如在地狱掌权力"。他接下来兴兵作乱，伙同一起沉沦的天使大闹天宫。刀剑齐舞，枪炮俱鸣，硝烟弥漫。他又锲而不舍，败而不馁，在《失乐园》里简直像个英雄。上帝相形失色不谈，我们看到"鬼性"（人性？）这种"优点"，想要不动容也难。话说回来，邪不胜正乃理所当然，鬼兵魔军最后还是败在天使米迦勒率领的天兵手下。即使兵败，撒旦仍图东山再起，干脆改变战略，转身窥伺伊甸园里的人类。他引之诱之，准备再和上帝长期抗战，打一场迄今都还高下未分的心理战。此所以有马洛和歌德的《浮士德》之作，而照我们判"人"的标准，《失乐园》中的魔鬼撒旦更应说是明知其不可为而为之的悲剧英雄。

撒旦自天沉沦，弥尔顿难免要描写他所居住的地狱。《失乐园》里说这个地方黑暗无比，"混沌一片"，而"撒旦和他的徒众"就躺在"熊熊火焰的湖上"。他们还得饱受雷击之惊，时有楚歌四面之感。人类有生有死之后，亡魂跟着进驻地狱。冥界版图扩大，"撒旦和他的徒众"变成了其中的主宰。在文学世界，写地狱最详尽的不是弥尔顿，我们得逆时泅泳，回到三个世纪前的但丁才能看到。《神曲》开篇，但丁漫游的正是地狱。

那时但丁年已三十五，某天走失在一片黑森林里，忽然受困于三头猛兽。惊怖之间，他眼前突然冒出一条人影。但丁大声求救，连人影是谁都顾不得。这时只闻得对方缓声回道："我从前是人，现在则不是。"仔细再听，但丁才知道前来搭救的是罗马诗人维吉尔。不过在现身之际，维吉尔已经是个孤魂野鬼，因为早在但丁之前千余年，他就"作古"了。由于维吉尔生前未经天主教洗礼，所以尽管本人贤而有德，却不能升天，住进天堂。他看到此刻受到猛兽围住的但丁进退失据，遂自告奋勇要带他脱离险境。脱险之道却是带领但丁往游地狱，去"听听绝望的呼声，看看受苦的古幽灵"。维吉尔生前写过《埃涅阿斯纪》（*The Aeneid*），诗中也描写过几条文学史上著名的亡魂，如今在《神曲》里，他倒变成了重要性仅次于但丁梦中情人贝雅特丽齐（Beatrice）的一缕幽魂。

佛教的地狱有十八层，但丁笔下天主教的地狱疆界较小，不过呈漏斗状围绕，也高达"九层"或"九圈"之多。阴间地理之外，《神曲·地狱篇》值得注意的当然是维吉尔指指点点的众鬼。但丁走进苦恼城，首先看到的便是一群号叫哭啼的幽灵。经过诗人的说明，他才知道这群野鬼在世时都是懦夫，有些还是卑鄙的堕落天使。渡过冥河，但丁又遇到一群和维吉尔一样未经洗礼的异教鬼，包括文学界鼎鼎大名的荷马、贺拉斯与奥维德等上古诗人，连苏格拉底和柏拉图等哲学家也都侧身其间。下界这第一层称为"候判所"（Limbo），是但丁笔下的冥界最特殊的地方，环境不算坏。然而从第二层开始，四周景象大变，但丁所入越深，则所见越惨。在第四层，他看到生前判离正道的教士与贪而无厌的教皇。这些"鬼"的形容缥缈，难以认出个具体，因为他们为欲望所扭曲，早已改变生前的模样，暗示人性之恶确实可怕。第二层开始的鬼魅，当然都在反映阳间实况，亦即但丁借虚构在行社会批判之实。

维吉尔既然是古罗马诗人，则《神曲》中的群鬼必然带有古典色彩。在地底（Dite）城，但丁所见的三个冥后侍女果然长得就像希腊神话里的美杜莎（Medusa）。她们身上有青蛇环绕，血迹斑斑，头上还"盘绕着小蛇和毒蛇，好像散发蓬头"。戈尔工（Gorgons）和半人半马的怪物也在地狱里自封牛鬼蛇神：自己是鬼，同时又肩负惩罚其他鬼魂的司法重责。第四层以下的另五层地狱鬼众，生前所犯的都是天主教的重罪，例如施暴于自己或邻人，又如当皮条客或犯有通奸重罪等等。那亵渎上帝而"带有所多玛和卡华人记号的"群鬼，当然也在此之列。荷马诗中那一片暗昧，但丁写来同样惊悸心寒。

《埃涅阿斯纪》里，迦太基女王狄多 (Dido) 为埃涅阿斯 (Aeneas) 所弃，羞愤间举剑自戕。《埃涅阿斯纪》是史诗。荷马以降，古典史诗都有冥界之旅，《奥德赛》里的奥德修斯（Odysseus）所历最奇。奥德修斯入冥，是想去请教预言家泰瑞希阿斯（Tiresias）如何回到伊萨卡，不料他却巧遇特洛伊战

235

亡的袍泽如阿喀琉斯（Achilles）等人的鬼魂。《埃涅阿斯纪》里，埃涅阿斯进入地狱，本意则在和父亲重逢再叙，顺便了解来日的命运。他无意间看到狄多一缕情魂在阴间林里徘徊，而且怒火冲天，惹得自己心疼不已，更是面有惭色。狄多冷眼望着生前所欢，一语不发，那模样几乎就像哈姆雷特（Hamlet）父亲的魂魄刚刚浮现时一样。后者当然又是名鬼，英国文学史上声誉最著，动静间还牵动一整个宫廷的爱恨情仇。虽然幽明两隔，《埃涅阿斯纪》里狄多犹愤恨难平。但是她美艳动人，令人联想到西方另一著名的幽魂，亦即马洛《浮士德博士》（*Doctor Faustus*）里的海伦（Helen）。荷马的《伊利亚特》之中，希腊联军远征特洛伊，目的便在要索回十年前为帕里斯所夺的海伦。而浮士德把灵魂卖给魔鬼之后，求偿的条件之一正是要把海伦从地狱里招回。魔鬼作法，海伦再现，我们终于看到西方世界最美的女鬼冉冉出现。浮士德身历其境，看得更是目瞪口呆，不由自主吐出两句诗形容道：

> 是否就是这张脸发动战帆千艘，
> 夷毁特洛伊高耸云霄的塔尖？
>
> （柳无忌译）

《神曲》里当然也有美女，谁都取代不了贝雅特丽齐在但丁心目中"美"的最高地位。但贝雅特丽齐身处《天堂篇》，用"鬼"称呼似有不敬。《神曲》受了格里高利教皇（Pope Gregory）的影响，另有《炼狱》一篇，善良的灵魂在那里火浴，准备升天。称作是"鬼"，也有不妥，他们可非青面獠牙之辈。地狱中虽无绝色女鬼，倒有身前身后事都读来令人心酸的幽魂情侣。众所周知，《神曲》是西方寓言文学的代表作。地狱第二层永远处于狂风暴雨的状态中，就是用来比拟人类理智失控的情爱。其中最著名的一对情侣是保罗 (Paolo) 和弗兰采斯嘉（Francesca）。他们生前是叔嫂关系，保罗因为兄长其貌不扬，所以代他迎娶嫂嫂进门。孰知弗兰采斯嘉竟爱上美男子的小叔。两人弄假成真，于是犯了通奸罪，被杀后遂堕地狱，在第二层的风雨中飘摇。这是史上真人真事，而且是但丁幼时旧识。但丁让他们居处地狱，表示他视失序之爱为法理不容。不过但丁发现风雨再大，保罗和弗兰采斯嘉依然紧紧依偎，那情真意挚不输下地狱寻妻的希腊乐圣俄耳甫斯（Orpheus）。但丁感动之下，"竟然昏倒在地"。马洛的海伦美则美矣，却是冰冷之躯。我们赞叹这倩女幽魂倾国，但是没办法像倾听弗兰采斯嘉诉说生前恩爱的但丁那般为她所感动。

详读细品西洋文学史上这些"名鬼"，不论是属妖的"魔鬼"或是人死生变后真正的"鬼魂"，我们发现即使撒旦在地狱称王，即使保罗与弗兰采斯嘉之情生死不渝，还是不会有受造物拒绝回想阳世或盼回上界。弥尔顿笔下的撒旦对抗上帝的意志坚强，出口决绝得有如易水之滨的荆轲，然而放眼硫黄烈火，他也悔不当初："天庭之上是那么样的光明，／怎会换来这一处幽灵惨淡凄苦无比的地方？"再回顾一下奥德修斯在阴间巧遇阿喀琉斯的鬼魂。论神勇，论出身，希腊联军将领中无出阿喀琉斯之右者。即使身在冥城，奥德修斯依然看得出他是"亡魂中强而有力的王子"。可是啊，看倌，您道阿喀琉斯怎么回答昔日的战友：

> 智多星奥德修斯，用不着安慰我说死亡好。
> 我宁愿做个农奴出卖劳力为别人耕作，
> 服侍苦哈哈的主人，三餐只能糊口，
> 也胜过在死人堆里当鬼王。
>
> （吕健忠译）

"好死不如赖活着"，看来这句中国名言才是西洋冥界的"众鬼"留给后人最宝贵的警训。蒲松龄《聊斋志异》写的都是中国鬼，但"秋坟唱诗"，上述西洋群鬼怎的都不像是蒲松龄"厌做人间事"？

欲望小说

芝加哥大学神学院的欧浮蕾尔蒂（Wendy Doniger O'Flaherty）教授精研印度宗教与神话有年，所著《梦、幻与其他现实》（*Dreams, Illusion, and Other Realities, 1986*）尤为出名。其中有片段论及佛教末世神话，云："记忆不灭，转世不息。万法之源，情牵不断……业力推演肇乎情，转世重生亦始于此。"从佛教的解脱观观之，欧浮蕾尔蒂这段话扼要重述了有情与无情的两面吊诡，指出去记忆，出轮回，免堕六道苦海乃佛训之精要。无独有偶，早欧氏理论三百年的中国小说力作《红楼梦》，也有一段类似之见，道是空空道人检阅《石头记》，改题之为《情僧录》。

在宝玉醒悟解脱之前，他因色见情，因情生欲，因欲而致业。所以情色固为因果，欲望与业转亦为因果矣！上智者"传情入色，自色悟空"，下焉者因色迷情，迷情而纵欲，终至恶业不息，周转轮回。《红楼梦》固为小说家言，但对上述佛教的情欲观却有详实的演义与铺陈，故而望断秋水，情缘不舍的场面在小说中颇多。由"望"生"妄"，由"玉"生"欲"的批评家之言，有情诞生以来常见矣。

望／妄的二律背反，形成人间悲剧与佛家的警世恒言，《红楼梦》于此特三致意者，莫过于第十一、十二回的情节。其时贾瑞见凤姐貌美，淫心大炽，乃涎皮赖脸，百般试探。凤姐则面笑心冷，毒设相思局，借力狂打妄心汉，终于病倒了个贾风流。然而贾瑞并未因此彻悟，病榻缠绵之际仍然对凤姐欲望连绵，终于引出怪道化斋，赠送"风月宝鉴"为其疗病的一段故事。无奈贾瑞欲海迷航，偏偏正照风月鉴，在幻设下一再以假为真，任凭身由情牵，心由欲扯，终了难免命归黄泉的命运，为世间——倘若小说也是烛照世情的镜鉴——反映出一幅望成妄心，欲转若辘轴的镜象。

这幅景象森然可怖，是宗教家最深刻的欲望寓言。虽然如此，就《红楼梦》的宏富架构，或就此一小说纵横交错的意义网络观之，贾瑞的故事犹"传情入色，因色悟空"这个大主题的得胜头回，尚未叩及其中心旨趣即戛然停止。《红楼梦》以"梦"设"幻"，以"幻"警世，从来不曾由从正面道德教世。这固然是曹雪芹修辞策略的运用，更在为欲望轮回的佛教宇宙观护航。第五回演佛家警曲，但"痴儿"宝玉在太虚幻境的历历回想，我们却得为之回溯首回女娲补天，青梗峰下弃石悲欢的欲念方能厘清其梗概。此念一起，弃石思凡入尘的凤世神话就此造下。这个欲念本为人类原始，在小说所处的当世，却已经轮转而演变成为"记忆不减，情牵不断"的人间眷恋。青梗峰便是"情梗峰"，是宝玉身体观中抹去不得的一部分，此所以他历尽诸幻，仍然勘不破绿窗风月，绣阁烟霞。出梦后更有巫山云雨之会，预告小说中心主旨的本质为何。而其终了，就像王国维《红楼梦评论》不无师心自用之所述："此可知生活之欲先人生而存在，而人生不过此欲之发现也。"

王国维的推理固乏实验心理学上的理论依据，不过弃石入凡殆因一念而起，却也是《红楼梦》中不争的事实，在在指出前世造业，后世了业殆由情牵欲动互涉而成。第一一七回宝玉失玉得玉，已悟真性，见茫茫大士乃问其出身来历。那和尚说道："我且问你，那玉是从哪里来的？"宝玉此时已非氓氓"痴儿"，在"传情入色，自色悟空"的过程中，他早已勘破世相，遂有"还玉"之说，似已了悟前世欲念和今世因玉而业转的因缘。再用王国维的话来说，"一闻和尚之言"，宝玉"始知此不幸之生活"乃"由自己之所欲"肇致。故玉者，"欲"也，"不过生活之欲之代表而已"。

《红楼梦》里，实情尚非如此简单，盖此"生活之欲"应落实为"男女之欲"，尤其指宝玉黛玉这对檀郎萧女的情与欲。前文提示过，情与欲不可分，又都是转世业力的动因。宝黛前世俱为木石，乃因一段浇灌情缘而造下来生还泪行。木石本无情，其后的"情史"乃如余国藩的力作《历史、虚构与中国叙事文学之阅读》中的观察：《红楼梦》中的"无情"反而最

241

"有情"，其爱欲缪辖故非贾瑞式的极端淫欲，而是让人浩叹情天难回的生命欲望。故而这对俪人一失此"欲"，若非北邙见背，就是披剃出家，俪难成骈。

因此，"见色悟空"的情僧／宝玉，实已还复其顽石原身。他的玉／欲与望／妄轮回，竟然是由幻警世的纶音大悲，充分道出佛门的欲望观。黛玉这厢呢？还泪报恩已见其情，思凡下世当入欲海。她性拗心窄，欲执情深是主因。故情哥哥若别有用心，林妹妹就眼生幻化，魔军攻心。这些情节全由"记忆"导演，因为黛玉初见宝玉就觉得面善眼熟，一时出现了柏拉图或后人所谓"似曾相识"（*deja vu*）之感。仔细思量她的隔世记忆与今世作为，宝玉／情僧式"传情入色"的套式必定重演。虽然如此，宝玉的欲望乃现世转出世的垫脚石，黛玉"传情入色"，重复前世欲念后却没有"由色见空"，没有跳脱轮回。她迷情痛心，先是为惊梦所苦，继之又焚稿断情，然而心既未悟，她前世之欲如何但凭一火焚之便可了断？今世之欲，看来也只会加重。黛玉一切的动作，其实讽刺的正是在为警幻所演的一句写宝玉的情词作注："都道是金玉良缘，俺只念木石前盟。"

宝玉经过欲望轮回，幡然飞身遁迹空门。从佛教的观点看，他已进入业力亡迭，法轮息转之境——生关死劫既已躲，此身也免得欲望跻。黛玉则始终未闻得西方婆娑宝树音，心田至死都还执绕着爱欲的葛藤转，如何寻得那茫茫的一片雪白的净土？她声声怨尤，只能说是转轮轰然般在作响："痴迷的，断送了性命。"但似黛玉这般，纶音警曲依旧生生唱。

《红楼梦》讲男女欲望，但宝黛这对爱侣的法轮转得却殊途且殊归。《红楼梦》之前三百年左右，中国另又出现了一部古典伟构《西游记》，对欲望的看法却是另一番表现。从宗教的角度看，《西游记》对佛教义理的强调自然高过《红楼梦》，不过这部晚明奇书着重的并不止欲望的轮转，而是轮转过后的欲望如何说明某种玄理——某种佛教与道教色彩两皆有之的"玄理"。

对西行途上的很多妖道邪魔而言，唐僧的肉据说吃了可以长生不死。这种"口腹之欲"的设计，在小说中是叙述者放出来的风声，据以推动情节，同时也在观察人性，对人类极思摆脱生死轮回的心理掌握得尤其老到。讽刺的是，若从"红楼梦"——更精确说是从王国维——的角度看，摆脱生死轮回的企图不啻要谢绝情欲攻心，而问题反讽性也便在这里，因为既有此心，西行途中的邪魔为何又欲望特大，他们不也个个想成仙了道，羽化登仙，"跳脱轮回"？小说中当然事有不然者：唐僧的肉吃不成，他们可连其他四圣的骨头也愿啃！我们当然可以说，作者着墨于此的一大关目是某种辩证统一，亦即《西游记》中众多的邪魔，个个都想以欲望的满足来换取生生世世的无欲！果然怪异如此，那么问题更大，大到聪明百倍的人类何以不能像虚构中的妖魔鬼怪当下见悟，立地成佛，羽化登仙而去？

《西游记》所写的情色，罕见如《红楼梦》一般令人心痛。其中有关欲望的铺陈，多数反而以喜剧性的"快乐结局"（happy ending）见长。盘丝洞女妖精的故事，本来有希望变成"情欲"的悲剧性证言，但猪八戒一番色心与孙悟空除妖心切，却把悲剧淡化成闹剧。稍前西牛贺洲孀居的妇人欲嫁他人，对五圣原也可能构成一场"欲望"的内心争夺战，然而作者的寓言企图太显，叙述者话又讲得太早，众菩萨真身一现，读者看到的只是一场取经人必能通关的"在家出家"的诱惑，依违拉扯的欲动并不明显，我们在其中想细瞧人性的试练，还真不容易！《西游记》环环相扣的喜剧情节中，稍可拿来和《红楼梦》的欲望观对比的，或许只有陷空岛无底洞与第九十五回以下玉兔凡间作乱等故事，少之又少。

住在无底洞的地涌夫人，一无戕害唐僧之意。"三百年前"，她原为灵山鼠兽，因故拜了托塔天王李靖为义父，出灵山后在下界还供设牌位，焚香不断，孝行可嘉。地涌夫人只为爱慕唐僧，凡心一动，欲望陡升，遂招来生杀大劫。小说这段写来有点勉强，因为前情未道，地涌夫人从未见过唐僧，就让她陷入不见其人反先爱上的矛盾中。除非又是前世之爱，是唐僧犹身为佛祖座下的二徒金禅子之际，地涌夫人即已暗中偷窥，暗恋其人，大有可能还暗度陈仓了。不管如何，总之到了《西游记》中的此刻，天竺灵鼠摇身一变，变成了地涌夫人，而且早就盘算着要强掳唐僧，逼之成婚。我们听其言，观其行，其实不失亲敬，而这当中或许还真有一场"夙世前缘"，有如《红楼梦》中宝黛在仙界的浇灌之情，尽管百回本《西游记》仅仅说道"着意一场今又别，何年与你再相逢"，其他则不详。无论如何，地涌夫人绝无其他妖精的"口腹之欲"，而且还颇像林黛玉，也是个大情种，虽则爱恋唐僧注定是孽缘。地涌夫人当然也有其有别于其他妖精的"欲望"，叙述者先用隐喻说是"天无阴阳，日月不明；地无阴阳，草木不生；人无阴阳，不分男女"，而接下去的中国式逻辑，我们就不用多说了。所以到了阳世，地涌夫人暗慕摘桃赠她的唐僧，喜滋滋说道："好和尚……一日夫妻未做，却就有这般恩爱也。"

唐僧乃"元阳之身"，而这个丹道术语分明是着活棋，充分述明道教的身体观，可我们也要注意其中暗含的时间概念：三藏只要犹为童子身，哪里容得"真阳丧了"而致"身堕轮回"！他当然得拒绝欲望法轮辗过自身，而应声答应地涌夫人之际，他"其实内无所欲"；第九十五回"假合真形擒玉兔"之际，他同样也心静如水，虽说玉兔化身的假公主也无戕害之心。小说中那叙述者代天竺灵鼠把心声唱出："与君共乐无他意，欲配唐僧了宿缘。"易言之，地涌夫人共月宫兔精不过想接受自然法则，拟婚配圣僧，完遂"欲望"；另一方面也接受了作者——或民间的神话传统——的安排，以宿世业缘这"超"自然的法则故而欲圆轮回业转。

"宿缘"一词，在《西游记》——甚至是《红楼梦》中，当又是个时间观念。由是观之，兔精鼠怪确曾穿越时空，和唐僧有过一段只有她们还记得的前"情"，而其发生地不在人间，是在仙界灵山。兔精鼠怪的"欲望"仍属典型的佛教思想，"宿缘"两字已经道出其中有其不得不尔处，盖从佛教的"空观"(sūnya)看，此刻聚合的条件都已圆满成为逃之不得的"缘"。奈何这个"缘"字恐仍敌不还悟空的如意棒，更破不了此棒所代表的神灵业位观。有此双重的限制，即使是"缘"，也只能加了个缀词变成"孽缘"，鼠精兔怪欲望的破灭早在缘起时就注定。林黛玉的戏剧写于前世，后世转悲，道理仿佛。兔精鼠怪虽然心高僭越，她们悲剧决定论的成分似乎仍然高过叔本华或王国维的意志说。

我们如此说，还应加个分明道：鼠兔"欲望"的本然，其实是个道教观，得由此再予说分明。就《西游记》中一般妖道而言，唐僧并非欲望本身，而是欲望的"意符"。真正的"意旨"是长生不死。鼠兔二精不想害死唐僧，不想吃他的肉，但她们拟与唐僧"婚配"的"欲望"，得从全真道的炼丹——尤其是内丹——术上的目的看。汉代以还，南派道教有房中术之说，不过丹经中不此之图的性意象也不惶多让，多数以"婴儿姹女"或"金乌玉兔"的结合为象征，借以说明阴阳调和之理，并参龙虎交媾之功。前引地涌夫人色劝唐僧的一段"阴阳之理"，便系此属。她受悟空折磨之际，所以抱住唐僧哀号道："夙世前缘系赤绳，鱼水相合两意浓。"她和悟空开战时，叙述者又把上述道教"欲望寓言"说得更清楚："那个要取元阳成配偶，这个要战纯阴结圣胎。"唐僧是纯阳的"婴儿"，而第八十三回的回目更指地涌夫人乃"姹女"。

既为元阳之身，唐僧自然属于内丹术中的"金乌"，而"玉兔"之名早就明示她系月宫真阴。难怪她得下凡计骗唐僧，并且"要求配合元精液"，温养丹田，再成就那不死之身。她和地涌夫人的"欲望"，因此不脱凡人的味儿，也不能不说具有浓厚的道教色彩。这种色彩，《西游记》第二回里实已埋下伏笔；须菩提教导孙悟空长生之道的口诀中云："月藏玉兔日藏乌，自有龟蛇相盘结。相盘结，性命坚，却能火里种金莲。"

口诀中这一番修炼所"欲"者何也？须菩提继之唱道："攒簇五行颠倒用，功完随作佛和仙。"易言之，逃得了尘缘就得以跳脱轮回，甭谈人间的试练。出世逍遥的仙佛，故此个个都已躲过了尘锁世圈，是以即使《西游记》里的道教寓言，说来也无异于佛教劝人，终极目的都在出离"欲望的轮回"：无欲即——再套几句《西游记》里那乌巢禅师《心经》里的话——"无无明"，而一旦"无无明尽"，凡人也都可"无受想行识"，亦即可以"无智亦无得"，终而"无有恐怖，远离颠倒梦想，究竟涅槃，自在又自如"。《心经》是中国民间"佛"——还要加个"道"——的人生哲学的基盘，难怪《西游记》还要把整部经文抄进去，像极了《红楼梦》中的《好了歌》，都是小说试探"欲望"这块四海皆然的人性试金石。

247